三億元事件
The Three Hundred Million Dollar Case: 事·件

獸人推理系列
Furry Detective Series

沙承橦・克狼——著

目次

【名家推薦】

本書作者，是我認識多年的好友，私下都稱他小碼，榮幸邀請我為他的書寫推薦序。這位愛鑽牛角尖又龜毛的作者，對於作品的執著展現在近年獲得的數個文學獎項上；回想起十多年前的一個深夜，打開熱血克狼網站的後台信箱，赫然收到一篇超過十萬字的烈封異世界小說起，是他改變了我對小說的刻板印象，也開始了克狼重度不愛讀書的復健史；小碼的詞藻並不特別華麗，當時看著銀幕內龐大的文字量，默默感念這定是位熱血克狼粉絲的用心努力之作，趕緊泡了杯咖啡，說什麼也瞇著眼細細品讀；徹夜未眠證明是值得的，直到隔天，日上三竿還是對於筆者變化萬千，縝密安排的劇情止不住內心的激動，永遠難忘那篇經典投稿。小碼和一般推理小說風格的差別，在於字詞淺顯易懂，並盡可能融於生活，很順暢將推理輕鬆的呈現給讀者；但在該緊湊的殿堂裏，總恰到好處的神來一筆熱騰騰且不失俗套的刁鑽詭計，可以滿足推理迷強烈的探索慾望；自己默默身為華語獸人創作推廣者多年，非單以人類的角度去創作的故事走向，到目前為止仍然是罕見，具體就像本書中的各個個性鮮明，生活興趣迥異的獸人身上，所特有的一些元素（例如：尾巴、翅膀、飛行、動物嗅覺、季節性脫毛等……），小碼都能很巧妙的運用在推理的線索安排上，而改變單純以人為本的思維鋪陳；除了沒有任何的違和感外，比起以往推理設計上賦予更多層次和面向的發揮。至此，無論你喜不喜歡推理小說，或只是好奇這些毛茸茸的大傢伙怎麼當偵探，這本充滿新味的獸人創作，都會是喜好閱讀的你我，藏書格中不可或缺的一本好書。現在的我也都乖乖按時服用，一晃十多年，成了忠實讀者。這裡就暫不劇透四種享受一次擁有的精彩內容，但讀後想分享給大家的，是那些很有特色的獸人角色：像是處事冷靜，思慮縝密，有著深藍色毛皮的狼人巡守長，海德爾，總以一身制服筆挺的穿梭案發現場；忠厚且熱心助人的約克巡守隊員大狗，犽志狼，為了弟弟犽鎧洛的學費而買了自己一向瞧不起的樂透彩；僅僅穿著黃色四角虎紋內褲，匆忙趕來應門的白虎獸人，漢普爾，八竿子沒料到會捲入殺人案風波；連帽衣的白兔獸人雷比提，不但臨時機車拋錨，還險些遭遇畢生難以挽回的絕境；最後，同為約克音樂學院的學生，又巧同宿的白毛犬獸人艾塔藍特，和活潑又嚮往在大螢幕上曝光的棕毛狼獸人亞格奇，不滅的友誼將面臨怎樣的考驗。令人莞爾且有趣的橋段，種種解謎過程拍案叫絕，都是作者精心刻畫所呈現給讀者的驚奇旅程，期待大家帶回去慢慢挖掘。

——克狼（唯一榮獲國外furtopia聚落三星級中文網站「熱血克狼」創辦人，華人圈骨灰級獸人文化推廣者，Facebook專頁「克狼毛家族」創始者）

四個篇章，各富新意，作者文風成熟且自然，足見筆耕已有時日，而娛樂性十足的奇幻設定則平衡了推理的燒腦，讀來煞是有趣。

——海德薇（奇幻作家／近作《禁獵童話III：七法器守護者》）

《三億元事件：獸人推理系列》藉由四部短篇故事集結而成，雖然當中並無太多關聯，卻完整展現出作者結實的推理邏輯底子，同時各個人物角色逗趣且不失沉穩，可以說是本有趣且令人難忘的故事，甚至能夠繼續期待之後的系列作品。

——Mr.V（Novel小說.粉絲團版主）

奇幻推理小說在國外早已風行多年，也不乏叫好叫座的作品，在華人創作中卻不多見，沙承橦《三億元事件：獸人推理系列》的問世，可謂創舉了。

本作最獨特的地方，在於架空世界的設定裡，又能精心設下縝密的詭計，兼具奇幻小說的想像力以及本格派推理的鬥智樂趣，跟著故事劇情的推展，是否能抽絲剝繭破解詭計，進而找到兇手？那就端看讀者您的智慧了。

難能可貴的是，本作輕鬆幽默的文字風格，擺脫了傳統推理小說沉重詭譎、獵奇血腥的既有框架，讓讀者不自覺地融入作者筆下描繪的獸人世界，娛樂性十足。好設定、好推理、好故事，值得您一讀。

——靜川（奇幻作家／奇幻警匪小說《冰霜都市》作者）

這是我生平第一次見到獸人推理這個名詞。面對一個陌生的新事物總是會有一些想像空間，例如先入為主的認為會添加許多奇幻元素在故事中，或是辦案到最後可能會引發不同部落之間的戰爭，但一進入內文就證明了上述的部分只是純屬猜測完全偏離了架構。

所謂的獸人推理，主要是讓登場的角色設定為擁有動物特性的人類，例如鳥獸人會飛、犬獸人和狼獸人的嗅覺更為靈敏，在架空的環境下讓不同類型的獸人共同生活。然而有人的存在就會有恩怨，有恩怨就會有社會案件的產生，有案件就需要檢警系統負責辦案及試圖破案。

這四部短篇作品基本上建立在上述的架構及背景之中，呈現出的主題均有所區別。密室之謎、翻案推理、童話故事改編、日常推理，結合本身的獸人設定形成一連串的系列作，且其中的邏輯毫不含糊，即使作品偏向奇幻風格也不失推理小說該有的風味。

——白羅（白羅at NDHU版主、前東華大學推理研究社副社長）

精彩的故事，出色的佈局，既緊張又幽默，令你有一口氣讀下去的衝動。

——金亮（香港新銳作家、《灰燼》作者）

三億元事件

這篇小說是我參加第十屆台灣推理作家協會徵文獎的作品，而這也是我第一次正式對外投稿。原本這篇故事是由另一個人來當偵探的，但是我後來想到這種短篇作品其實可以寫成系列作，所以就把該角色拿掉，改讓巡守長海德爾來揭發真相。

關於歹徒取走彩券的那段劇情，主要發想是來自於日本知名作家二階堂黎人在他的小說《魔術王事件》裡的某個橋段。但是因為我不太滿意那種處理方式，所以我也同樣寫了在眾人看守的情況下把東西取走的劇情，來呈現出我心目中比較完美的版本。至於廁所的消失詭計，則是我讀大學時，在學校廁所裡產生的靈感所衍生的。

故事中的約克幸福彩券，其實就是台灣的大樂透，至於中獎號碼則是借鑒了香港電影《富貴逼人》的橋段。由於大樂透的頭獎彩金至少從一億起跳，而談到金額破億的案件，應該有不少人和我一樣，第一個想到的就是著名的三億元事件，因此我在構思內容時，特地將故事裡的金額調整為三億，這樣就能用同一個名稱來當作篇名，還可以騙騙讀者，讓大家以為這是歷史事件的改編小說。而當我想到這點時，我又發現這篇作品也可以採相同的做法來設計情節，於是故事的結構就大致完成了。

雖然本作在參加比賽時只進入複選，不過似乎得到評審不少讚賞，連當屆並沒有擔任評審的陳浩基老師，也在他的個人部落格上做出「不會被任何一篇入圍作品比下去」以及「以謎團而言，幾乎無可挑剔」等評語。

1

「謝謝光臨，請慢走。」

便利商店的店員滿面笑容地對離開的客人道別，但是犽志狼的心裡卻覺得一點都不溫暖。

（唉，又花了這麼多錢。）

志狼一邊整理著手上那疊帳單和發票，一邊忍不住嘆了口氣。

昨天才從提款機裡領出來的三千塊，今天就全都拿到便利商店裡面去繳費了，錢怎麼會花得這麼快呢？距離發薪日還有半個月的時間，如果不想辦法多省一點錢的話，連吃飯都要成問題了。

志狼又嘆了口氣，把那堆亂七八糟的帳單隨便折一折，然後塞進口袋裡面。

犽志狼是個全身灰毛的犬獸人，職業是約克巡守騎警隊的隊員。身為巡守隊的他，每天固定的工作內容就是巡邏約克市的大街小巷，有犯罪事件的時候要第一個跑現場。偶爾發生颱風或地震之類的天災時，也需要參與上山下海的救難與疏散工作。

「嗨，志狼，前幾天謝謝你把我們這隻小貓找回來。來，向叔叔問好。」

「叔叔好。」

路旁一位母貓獸人帶著小孩一起朝志狼揮著手。

「沒什麼，不用客氣。」

志狼對她們隨便揮了兩下手當做回應。

「志狼，要不要進來喝杯茶？外頭這麼熱也要巡邏，真是辛苦你了。」

一位人類老太太從騎樓上很熱情地對志狼打招呼。

「不用了，謝謝。」

「志狼，你有沒有看到我養的那隻狗啊？我前面一不留神，又讓牠從家裡面跑出去了。」

另一個穿著單薄背心，踩著拖鞋的虎獸人走過來對志狼問道。

「沒有耶，我等一下回去請大家幫你留意看看。」

平常志狼總是盡心盡力地解決約克市民的各種大小問題，對於他熱心助人的態度，認識的人無不豎起大拇指稱讚。但是今天，志狼卻一反常態地表現出沒精打采的模樣，不但笑容沒了，助人的意願少了，就連招呼都打得有氣無力。

原因在於前一天晚上，弟弟在家裡拿給他的那封信。

志狼的弟弟犽鎧洛是隻狼獸人，雖然他和志狼是貨真價實的親兄弟，不過種族卻大相逕庭。這是因為獸人的血統組成跟人類一樣，出生時的種族會被上一代基因的顯隱性組合影響，好比黑人與白人結婚後，不一定會生下哪種小孩。因此父母和兄弟之間的種族偶爾會不太一樣，長相也有可能不盡相似。

「哥，這個是下學期的註冊單。」

鎧洛伸出一隻佈滿天藍色毛皮的手，把那張紅白相間的單子拿給志狼過目。志狼已經不太記得當時看到的確切金額是多少，但還記得那是一個會讓他頭暈的數字。

「好，我知道了。」

志狼當時雖然用相當平淡的口吻來回答弟弟，但是內心卻焦急得不知該如何是好。

為了多賺一點錢，志狼休假的時候都會在約克市立游泳池裡兼差當救生員跟教練，雖然多少可以貼補一點家用，但花出去的錢永遠比賺進來的快。不管他怎麼賣力工作，每個月幾乎都沒有半點薪水可以積蓄下來，就算有，也會在下個月或下下個月花掉。

一想到錢的事情，志狼又開始覺得頭痛了。

家裡這個月的開銷又透支了，水電費、瓦斯費、房屋貸款、還有弟弟鎧洛要繳的學費……偏偏約克音樂學院的註冊費又特別的貴，因為那是專門培訓音樂家的有名學校，費用自然也比一般大學還要更高。而他的狼人弟弟生性頑皮，老是動不動就翹課，害得志狼經常執勤到一半還得跑去抓他回家。在生氣之餘，志狼也心痛那些學費，要是鎧洛不肯好好上學，那些錢就全都白浪費掉了。

「難道又要跟克狼他們借錢嗎？可是上個月剛借過的還沒有還，這個月又要向他們借……」

志狼緊蹙著眉頭喃喃自語，回想著從小就跟自己有密切往來的好朋友們。

志狼的朋友收入都比他多得多，而且他們也都很願意幫助志狼，但是志狼也有自己的志氣，非到緊要關頭絕不靠別人幫忙。即使真的向朋友們借了錢，志狼也會想辦法把錢還給他們，雖然他們一直對自己說不用還也沒關係。

路旁突然傳來一陣叮叮咚咚的輕快音樂，把這隻陷入沉思的犬獸人給拉回了現實。志狼抬頭一看，發現音樂聲是從旁邊的彩券行傳出來的。

彩券行外面貼了幾張長紙條，紙條上寫著這家彩券行到目前為止已經開出了多少次頭獎。不過貼在最外面的新紙條，則是寫著「約克幸福彩券」目前最新累積獎金金額已經到達三億元，今天晚上就要開獎。

「三億元。」

看到這條標語時，志狼頗不以為然地從鼻子哼了一口氣。

賭博這種東西向來就是志狼最不屑的，賣彩券的商人總是愛說這一次的頭獎金額有多高多高，好像只要買了就一定會中一樣，偏偏大家都信這一套，結果隨著累計獎金的金額越高，買的人也以同樣比例跟著變多。一大堆人瘋狂的湧進彩券行，想要實現一夜致富的美夢。志狼每次都很納悶，這些人到底有沒有想過自己在這上面花了多少錢？要是把這些錢省下來，早就不知道可以買多少東西了。

話雖如此，志狼有時候也會忍不住買個一兩張想要碰碰運氣，但是他從來都沒有中過獎，連普獎都沒有拿到過一個，幾次下來也讓他不禁感嘆自己的狗命沒人家的好。

此時，不知從何處傳來的陣陣香氣，讓志狼的狗鼻子忍不住抽動幾下。

對街的攤子上賣著志狼最愛吃的滷味，豆乾、海帶和雞屁股發出了濃濃的香氣，薰得志狼的肚子也跟著叫了起來。

志狼摸摸口袋裡的錢包，錢包裡面只有幾張百元鈔票跟幾個銅板。為了多省一點錢，志狼一直都是去大賣場買菜回家自己煮。原本他還打算今天去買點滷味的材料享受一下，但是依這個月的情況來看，還是能省則省吧。

（唉……這個月就先忍一忍吧……不然……）

突然，一個念頭閃過了志狼的腦海。

志狼看著攤子上的滷味，先是忍不住吞了一口口水，接著他下了決定。

2

走回巡守隊後，志狼發現隊上鬧哄哄的亂成一團。制服筆挺，有著深藍色毛皮及眼睛的狼人巡守長海德爾，正在按部就班地分派著各員應負責的任務。他一看見剛進門的犬獸人，立刻就說：「志狼，不好意思，能不能麻煩你晚一個小時再下班？外面有狀況發生，要拜託你幫忙留守一下。」

「當然沒問題，發生什麼事情了嗎？」

「有民眾打電話報案說聽到槍聲跟慘叫聲，可能發生了一起凶殺案，所以我們現在要去通報地點查看一下。」

一聽到隊長的說明，志狼的神經立刻緊繃起來。

「那讓我一起去吧，反正我沒什麼特別的事情，晚點下班也沒差。」

志狼熱心地表示。

「嗯……好吧，你要的話就讓你來好了，另一個人先留守。對了，基瓦魯是不是快巡邏回來了？等他回來也請他一起過來幫忙。」

海德爾想了一下後點點頭，要另一個隊員把手上的鑑識工具箱交給志狼，接著他們一行共四位隊員便立刻趕往案發地點。

案發現場是間又小又破舊的公寓，一打開門就可以感覺到房子裡面充滿了濕氣和穢氣。從門口進去就是客廳，除了衛浴和廚房以外，這間公寓就只有一間臥室而已。放在客廳的茶几和沙發等家具的表面都已經十分破舊，電視跟冰箱也都是用了至少十年以上的舊貨。髒衣服、報紙和啤酒罐丟得到處都是，電視下方的櫃子和抽屜也全都打開著，裡面的雜物亂七八糟的散落一地，地板還有茶几上也疊了好幾層泡麵碗和包裝袋，顯示房子主人的生活過得十分邋遢。

海德爾先指揮大家避開嫌犯可能留下的痕跡，然後把整間屋子的各隱蔽處都搜索一遍，以防嫌犯還躲在某個角落沒有離開。確認嫌犯不在公寓後，他們才放鬆警戒，開始封鎖現場準備進行勘驗。

死者的種族是獅獸人，陳屍地點則是在臥室之中。死者坐著斷氣在臥室的床邊，身上有好幾處明顯槍傷。臉上的鬢毛跟鬍鬚亂七八糟的糾結在一起，身上僅穿一件內衣和內褲。從整間屋子的情況來看，死者生前應該就是這種不修邊幅的模樣。

「你們兩個去外面搜索，裡面由我來負責。志狼，麻煩你幫我做紀錄，我先來做個簡單的驗屍。」

海德爾分配了一下各員的工作範圍，然後就開始親自驗屍。

「死者身上有三處槍傷，左手臂、左大腿和心臟各一槍，心臟一槍是致命傷。屍體沒有掙扎或被毆打過的痕跡，也沒有其他明顯的外傷，我想死者和凶手應該沒有身體上的接觸。死亡時間……大約一個鐘頭到兩個鐘頭之前。地上和死者身上的血液有抹過的痕跡，而且傷口也有生命反應，代表凶手是先開槍射擊死者的手和腿，然後才殺了對方。」

海德爾突然靠近死者的右手，用力吸了一口氣。接著開始用他的狼鼻子在死者的身上四處聞，毫不在意對方已經是冰冷的屍體。

聞過屍體之後，海德爾又對著空氣用力吸了幾口氣，然後說：「你有沒有聞到?空氣中有一種很奇怪的氣味，淡淡的，像是塑膠燒焦的味道一樣。」

「有嗎？」

志狼也跟著抬起頭，像隻警犬似的嗅聞著空氣。

「好像真的有。」

「而且你看，死者的身上也有同樣的氣味，你覺得這是怎麼回事？」

「我也不知道，也許這房間裡面本來就有這種味道吧。」

「嗯……說不定……」

海德爾意味深長地直盯著屍體，接著說：「算了，我們先來看一下現場。我從這一頭，你從那邊開始。看看有沒有什麼值得注意的東西，還要順便找一下存摺、身分證、駕照、畢業證書或是其他有寫名字的東西，我們得先搞清楚死者是什麼來頭。」

志狼仔細地搜索著衣櫃和床頭櫃，並且用銀粉撲在每個沒有灰塵的平面上，以採集表面的指紋。海德爾則是先用相機照下現場的照片，然後從書桌和垃圾桶開始翻起。衣櫃裡的衣服看起來都還很新，可是卻因為隨便亂擠而縐成一團，床頭櫃也亂七八糟的塞了一大堆廣告單、色情書刊、用途不明的奇怪玩具、還有路邊發的衛生紙等等，最後志狼總算在角落找到一張汽車駕照，上面寫著死者的名字叫做布利加爾。

「我找到了，駕照在這裡，不過存摺或是皮夾之類的東西都沒找到。」

志狼把駕照拿給海德爾看。

「我這裡也找到了，這裡有幾張郵購的收據，上面有寫他的名字。看起來死者好像一直都待在家裡不出去，但是又沒有在家裡工作的跡象，也許他目前失業也說不定。還有指紋可以不用找了，我發現幾個新的手套印子，看來凶手是帶著手套作案的。」

海德爾也把手上的紙條拿給對方做交換。他先看了一下手上的駕照，接著問正在看收據的犬獸人：「志狼，你覺得這個案子是怎麼回事呢？我想聽聽你的意見。」

「呃，大概是強盜殺人吧，雖然這間房子應該本來就很亂，但還是可以看出有人曾經在屋子裡四處找過東西的跡象。抽屜裡找不到皮夾或是錢包，也沒有任何現金或財物。我想可能是小偷或強盜想闖空門，結果發現被害者在家裡，所以先打傷死者，逼問出財物放置的地方，接著把值錢的東西全部都拿走之後就殺人滅口，然後逃逸無蹤。聽說最近的小偷都會帶著從黑市弄來的手槍，以防被屋主或其他人撞見，想不到居然會鬧出人命。」

「看起來是這樣沒錯，可是我總覺得有點奇怪。」

海德爾滿腹疑惑地對志狼說：「先不管死者到底是做什麼的，闖空門的人在動手之前都會先調查過他們的目標，照理說，是不會選擇這種整天都有人的屋子才對。當然，也可能凶手只是比較偷懶又比較兇狠的強盜，隨便選一間屋子就直接動手行搶了。」

「對不起，我來晚了。」

某個聲音突然插進志狼和海德爾的談話。他們兩個同時轉過身，發現說話的是另一位穿著巡守隊制服的灰狼獸人。

「基叔，你來了，我還在想你什麼時候會到呢。」

海德爾率先對狼人開口。

基瓦魯是這個分隊裡資歷最老的巡守員，下個星期就要準備退休了，連海德爾這位分隊長都沒有他待得久。由於他經驗老到，又不會倚老賣老，因此海德爾也總是對他保有一份前輩的敬意。

「抱歉，老狼一匹了，走路速度比較慢。我現在應該要做什麼？已經檢查過屍體了嗎？還是有什麼地方需要我去搜查？」

「這些我們都已經做過了，現在正在判斷現場的狀況。基叔，你看這應該是強盜殺人吧？」

志狼客氣地向老狼人詢問。

「你問我？我還沒看過現場，你叫我怎麼做判斷呢？」

基瓦魯對志狼露出無奈的苦笑，一直在客廳搜查的兩位隊員，也在此時走進來向海德爾報告：「隊長，客廳、浴室和廚房都已經搜查完畢，沒有找到任何可疑的東西，也沒有發現凶手遺留下來的證物。」

「有找到現金、珠寶、存摺，或是其他能換成錢的東西嗎？」

「都沒有。」

「這樣啊。」

海德爾又深思了一會兒，接著對基瓦魯說：「那基叔，反正法醫之後還會再驗一次，我看屍體就不需要檢查了，麻煩你再幫我們看一下現場就好。也許你能發現什麼我們沒注意到的，而且我也想聽聽你的意見。」

「好啊，我還以為你們不需要我上場了呢，那我可就白跑一趟了。」

基瓦魯點點頭回應道。

3

基瓦魯很快地把整間屋子看了一次，一邊看一邊聽著其他人的搜索進度，當他打開床頭櫃時，他像是想到什麼似地回過頭來問道：「對了，已經知道死者的身分了嗎？」

「我們只有從駕照和幾張收據上面知道死者的名字叫做布利加爾，交友狀況和其他部分都還不清楚。不過死者生前似乎一直都窩在家裡，就連吃飯也是叫餐廳的外送。」

海德爾回答他。

「你怎麼知道他都是叫外送？」

志狼好奇地問。

「因為這個房間裡面的廣告單，全部都是有外送服務的餐廳廣告單，而且我在廚房看到好幾袋垃圾，裡面的飯盒跟廣告單上的店名相同，再加上洗衣籃裡面雖然有很多內衣褲，可是卻沒有外出服，這就代表他平常根本不出去，一定都是打廣告單上面的電話叫外送。」

「那你們有沒有找到日記、筆記、或是死者寫過的其他東西呢？也許我們可以找出這個人生前是做什麼的。」

翻完床頭櫃之後，基瓦魯又走到書桌前面，拉開抽屜往裡面看。

「沒有，我沒看到那些東西。這個人也真是給我們找麻煩，連個通訊錄都沒有，這樣我們要怎麼通知他的親朋好友來處理後事，搞不好他還有遺產或是負債之類的問題要解決呢……」

海德爾越講越小聲，似乎在想什麼事情。

「嗯，沒有錯，是強盜殺人。死者的財物都不見了，房間裡有可能藏錢的地方也都被翻得一團亂，這是強盜殺人案沒有錯，跟我這些年來看到的一模一樣。行了，沒有問題。」

基瓦魯將視線從抽屜拉出來，接著很肯定地下了結論。

「是嗎，既然連基叔你都這麼說，那應該就錯不了。不過基叔，你有沒有聞到房間裡有一種塑膠燒焦的味道？你覺得那是什麼？」

海德爾用手指在空氣中劃了幾個圈圈問道。

「我也不知道，這屋子裡的味道那麼雜，東西又那麼亂，大概是他死之前不知道在哪裡沾上的吧。」

基瓦魯搖搖頭說。

「也對，大概是我多心了。對了，志狼，你可以直接下班回家了，你的卡我們幫你打就好，你趕快回去吧，謝謝你啦。」

說完，海德爾對著志狼揮手道別。

三十分鐘後，志狼跟著其他人一起回到了巡守隊裡。儘管海德爾已經答應讓他直接下班，志狼仍然熱心地幫大家把採集來的物證和資料全都整理好，然後才親手打好自己的簽到卡，下班回家。

志狼家跟不久前才去搜查過的命案現場其實差不了多少，都是又小又破舊的老公寓，但也只有這種公寓的貸款價格才能讓志狼負擔的起。回到家裡，志狼先把繞道去賣場買來的特價垃圾袋與清潔劑放到櫥櫃裡面，再將制服脫下來丟進洗衣籃。

「哥，你回來了。」

在房間弄音樂的犽鎧洛聽到志狼回家，立刻走出房間迎接他。

「晚餐吃了沒有？」

志狼問。

「有，我把昨天剩下來的那盤飯吃掉了。」

「有吃就好。」

志狼先點點頭，接著突然皺起眉頭說：「嗯？你是不是還沒洗澡？身上的毛都發出臭味了，趕快去洗一洗，等一下我就要洗衣服了。」

「啊，等一下啦，我馬上就要作好一首新歌了，作好我再去洗。」

「去洗去洗，趕快去，不要讓我說第二次。」

志狼平常對其他人都十分客氣，但是在教訓弟弟的時候，志狼的態度就會變得十分嚴厲，脾氣也會變得很兇。

「好啦，哥，你不要生氣。」

把渾身發臭的小狼趕到浴室洗澡後，志狼打開客廳的電視稍做休息，新聞剛剛結束氣象預報，正在播放輕鬆的結尾音樂。志狼挪動一下身子，發現口袋傳來沙沙聲響，這才想起口袋裡面的彩券還沒有拿出來。

這張彩券是志狼猶豫了許久以後才決定買下來的，他想反正滷味吃進肚子裡也是消化掉就沒了，乾脆就把買材料的其中五十塊拿去買彩券，然後其他的錢省下來，這樣也算是省了不少。

志狼當初買了這張彩券後就直接塞進口袋裡，此時他才第一次細看上面的內容，但是越看他越覺得心寒。電腦隨機選出來的居然是這種自選時才可能看到的號碼組合，這是什麼差勁的數字嘛，看來這次的錢又浪費掉了。

雖然已經知道不會中了，但是買了就要對對看。新聞的結尾音樂也在這個時候告一段落，接著剛好就是彩券開獎的現場直播，畫面中央出現一個巨大的透明塑膠桶，裡面裝滿許多寫上號碼的乒乓球。按照彩券上的規則，只要六個號碼完全相同，就可以得到頭獎；或是其中一個換成特別號碼，也可以得到二獎，但至少要中三組數字才能得到普獎。

志狼專注地看著螢幕裡不停翻滾的彩球，只見號碼很快就全都開了出來，果然沒有半個相同。他立刻洩氣地把彩券丟在茶几上，然後把身體往後一靠，躺在已經有破洞的沙發上閉目養神。

突然，「約克幸福彩券」這六個字傳進了志狼的耳朵裡，讓他把視線重新拉回到電視上。志狼看了一下電視角落的字幕，這才發現剛剛對錯了彩券，於是隨手拿起桌上的彩券再看一次。

志狼盯著螢幕看了一會兒，然後又看了一次，五、十、十五、二十、二十五和三十號，特別號碼是三十五，沒錯，他手上的彩券總共只有六個號碼，而那些號碼都跟特別號碼以外的數字完全相同。志狼的視線不停地在電視和彩券上來回互換，因為他認為這兩個號碼一定有什麼地方不一樣。但是不管他怎麼看，號碼都是完全相同的，看了十幾次的結果都沒變。

「今晚的獎券號碼已經全部都開出來了，不知道這一次的幸福到底會獎落誰家。各位觀眾，我們下個禮拜再會，希望三億元的幸運得主就是你。」

主持人滿面笑容地說出了每個禮拜的固定台詞，接著背景開始響起豪邁的喇叭吹奏聲，還有滿天散落的紙花作為陪襯。只不過志狼根本沒有心思去欣賞這些內容，他唯一聽進去的，是主持人最後說出的那幾個字。

「三……三億元……我中了三億元……」

直到電視開始播另一個節目之後，志狼才明白到底發生了什麼事。

4

隔天早上醒來時，志狼覺得頭有些昏昏沉沉的，他想一定是因為昨天做了發財的夢才會這樣。直到他摸索著想套上巡守隊的短褲時，看到放在桌子上面的彩券，才知道中獎的事情並不是在作夢。

即使知道自己有錢了，該上的班志狼還是會去上。只是三億元這個數字實在是太吸引人了，志狼發現他整個早上都很難專心做事。不管自己手邊正在做什麼工作，思緒總會不自覺地再回到那三億元上面，就連隊長向大家說明搜查進度的時候，志狼都沒有辦法聽進他的聲音。

「志狼？志狼？你有沒有在聽啊？」

志狼此時才發現海德爾已經叫了他好幾次，急忙從座位上站起來，他可以很清楚地看到基瓦魯等其他隊員正注視著他。

「對、對不起，我剛剛有一點分心。」

志狼不好意思地低下頭夾緊尾巴。

「你有沒有聽到我剛才說的話？」

海德爾皺起眉頭。

「沒、沒有，對不起，請問你剛才說什麼？」

志狼的頭更低了。

海德爾沒有表現出責怪的意味，只是輕嘆口氣後說道：「我說，你早上做完定期巡邏以後，拿昨天找到的那張駕照，繞到案發現場附近的銀行或是郵局去查查看，看能不能找到什麼特別的線索，知道了嗎？」

「喔，喔，我知道了，我要拿昨天找到的彩券去附近的銀行查查看，看能不能找到什麼特別的線索。」

「啊？」

志狼複誦了一遍不太一樣的內容，把眼前的狼人搞得莫名奇妙。

「喔……不，我、我是說……我知道了，我現在就去查查看。」

志狼越說越心虛，趕緊抓了證物袋就跑出門。

（想不到有錢的感覺居然會這麼難過，可是又不能隨便亂說。要是讓別人知道了，到時候被綁架、勒索怎麼辦？不行，還是要低調一點。）

志狼一邊自尋煩惱的胡思亂想，一邊心不在焉地進行巡邏工作。同時努力回想著今天早上海德爾所說，關於昨天那件案子的搜查進度。

死者布利加爾是一個月前搬進那棟公寓的，六個月的租金和押金都用現金支付。從戶籍以及房東留下來的基本資料進行追查後，他們發現這隻獅子過去是靠著打零工來維生的，而且早在搬家前就失業好一陣子了。根據他過去在工地的同事描述，布利加爾似乎並沒有和其他親屬往來，而且經濟狀況也不是很好。平常他不愛跟其他同事進行交流，只要下了工就會立刻回家。電視和雜誌是他唯一的娛樂，至於內容大家就不予置評了，志狼也可以大概體會到原因是什麼。

至於目擊者方面，他們調查後驚訝地發現，整棟公寓的住戶都沒有聽到過任何槍聲，也沒聽見慘叫或求救聲，然而報案者的說法卻完全相反，因此海德爾大膽推測，打電話向巡守隊報案的人就是凶手，只是理由為何至今仍不清楚。

早上的報告志狼就只記得這些部分了，後面他完全沒有聽到，只記得海德爾好像還說了一些什麼比較特別或是要注意的地方，但是他想不起來了。事到如今，他也不可能再回去問一次，只好祈禱不是什麼太重要的事情了。

志狼低頭看著出門前順手帶走的那包證物袋，透明的證物袋裡可以很清楚地看見他從床頭櫃裡找出來的駕照。只是駕照上面的照片不知道是不是因為太舊的關係，看起來跟布利加爾有一點不太像，也不知道能不能讓人認得出來。但是不管怎麼說，還是要拿去試試看才知道結果。

「這個人喔……好像沒什麼印象耶。」

銀行的櫃檯人員隔著袋子看著那張照片，接著搖了搖頭。他把駕照拿給其他的同事傳閱一遍，大家也都搖搖頭表示沒見過。

「不然你可以幫我把這個人的名字打進電腦裡，查查看他有沒有在你們這裡開戶嗎？」志狼進一步追問。

「好，請等一下，我幫你查查看。」

櫃檯人員在電腦裡打進幾個字，接著又搖搖頭說：「沒有喔，他沒有在我們這裡開戶的紀錄。」

「沒有喔，好，謝謝你。」

「不好意思。」

櫃檯人員把駕照還給志狼，然後按鈕叫了下一個號碼。

「怎麼了，有什麼需要幫忙的嗎？」

坐在服務台，有著棕黃色羽毛的麻雀小姐起身把正要踏出門的志狼給叫住，志狼心想反正多問一下也沒有損失，就把駕照遞給她說：「我想要問問看有沒有誰見過這個人，妳有看過他嗎？」

志狼原本只是抱著姑且一試的念頭，沒想到她一看到照片就說：「喔，有啊有啊，這個人我有看過，他都是到下面的保險箱那一區去。」

「保險箱？」

所以還真被海德爾給說中了，這裡的確有關於布利加爾的線索。志狼先向那位麻雀小姐道過謝，然後立刻衝下樓去。

「是的，他的確有在我們這裡租保險箱來用。請問發生什麼事了嗎？」

志狼先出示自己的身分，然後向負責保險箱業務的白狼獸人提出確認，他立刻就指認出布利加爾，這讓志狼信心大增。

「他昨天已經過世了，我們現在正在調查他的一些背景資料。請問你知不知道他大概是什麼時候來開戶，又在保險箱裡面存放了什麼東西？」

「我們保險箱用的是電子密碼鎖，客戶只要先在櫃檯這邊辦好承租的手續和費用，之後只要拿出這個號碼牌給我們看，我們就會開門讓客戶自己進去，把東西拿到裡面去放。密碼和內容物都只有客戶自己知道而已，我們不會過問客戶在保險箱裡面放了什麼東西，當然也不知道客戶的密碼。至於他開戶的時間，紀錄上是寫在一個多月前。」

儘管志狼只是來調查案件而已，櫃台行員還是詳細地為他進行介紹，大概是希望志狼能夠成為下一個客戶吧。

雖然布利加爾在這裡放了什麼東西應該沒有必要調查，不過志狼還是好奇地問了一下：「那你有沒有看過他拿什麼東西進來存？」

「沒有耶，我記得他每次來的時候，都是兩手空空的進來，然後又兩手空空的離開，連個背包或紙袋都沒帶，所以我也覺得蠻奇怪的。」

「兩手空空的？」

這個答案真是出乎意料，志狼本來還猜想布利加爾是把家裡僅存的值錢物品都拿到這裡來放，但是現在看來好像並不是這樣。難道說，布利加爾只是無聊沒事，想要體驗一下有錢人拿金銀珠寶來存放是什麼感覺嗎？

志狼稍微觀察了一下這個地方，看到牆上貼著用來宣傳的標語：「獨家研發的十二位數電腦鎖，絕對可以確保您的財產安全」。志狼心想既然這裡的保險箱這麼高級，想必租金也很高昂，死者真的有辦法租這麼貴的保險箱嗎？

「志狼、志狼，有聽到嗎？聽到請回答。」

志狼腰上的無線電突然在這時候傳出呼叫聲，因為待在地下室的關係，聲音聽起來有些斷斷續續的。

「是，我收到了，請說。」

志狼先回到一樓，之後才拿起無線電開始通話。

「有個學校的老師打電話來說要找你，好像有什麼急事，請你回個電話。」

「唉，了解，我馬上回去。」

一聽到這句話，志狼就知道這根本不是什麼重要的事情。因為老師會打電話來的唯一原因，就是犽鎧洛又翹課了。所以老師才會通知志狼，好讓他把這隻不愛上課的小狼給抓回學校去。而鎧洛被抓到時又老是謊稱自己沒課，因此志狼特地把他的課表與老師電話都印下來，貼在自己的桌子上，以便隨時查驗。

志狼沒有行動電話，連不要錢的零元手機都沒有，因為手機的通話費比普通的電話費還貴，而他並不想花那些錢，所以志狼上班時都用巡守隊的電話，如果真有需要的話就用公共電話，再不然就是借別人的手機來用。總之，志狼絕對不會把錢花在這種東西上面。

（對了，既然都已經中獎了，到時候是不是先買隻手機比較方便？）

不可否認的，志狼的信念開始受到考驗。雖然志狼不認為自己會偏離原來的節儉生活，但……買一、兩樣奢侈一點的生活用品，應該沒有什麼關係吧。

志狼回到巡守隊裡，撥了那通已經打過上百次的電話號碼給學校老師，接著就是老師一貫的聲音：「志狼先生，不好了，犽鎧洛他突然失蹤了。」

「啊，什麼意思？」

老師的語氣完全不同於以往，讓志狼一下子無法反應過來。

「他不是又翹課了嗎？」

「不，不是翹課，是失蹤了。他在第三節下課的時候去上廁所，結果後面的同學明明看見他走進廁所裡，進去之後卻發現裡面沒有半個人在，他就這樣憑空消失不見了。而且上課以後他也沒有出現，東西也都留在教室裡沒有拿走，跟過去的情形完全不一樣，我擔心他會不會是發生了什麼意外……」

「好，好，我知道了，我們馬上過去看看。」

「怎麼了？」

看見志狼慌張的掛斷電話，海德爾好奇地問他。

「就是……」

志狼話還沒說完電話又響了起來，他只好先接電話。

「約克巡守隊你好。」
「你是犽志狼嗎？」
「是的，請問你是哪一位？」
不知道為什麼，志狼覺得對方的聲音聽起來怪怪的，好像被扭曲過一樣。
「如果我說我是讓你弟弟在學校裡失蹤的人，你應該就知道我是誰了吧。」
對方一個字一個字，慢慢道出令志狼錯愕不已的驚人之語：「你弟弟在我手上，希望他平安回去的話，就拿我要的東西來做交換，知道了嗎？」

5

「你……你知道你在說什麼嗎？你知道我是做什麼的，還有這隻電話是打到哪裡的嗎？」
志狼努力使自己鎮定下來，但還是無法抑制聲音裡的顫抖。
「我知道，我當然知道，不過那又怎麼樣呢？難道有人規定要求贖金的電話不可以直接打到巡守隊去嗎？哈哈哈……」
志狼簡直不敢相信自己的耳朵，對方不但直接打到巡守隊來要求贖金，甚至還覺得這麼做是理所當然的。這種舉動讓志狼完全無法接受，他憤怒地說：「你到底想怎麼樣？我們家根本就沒有錢，就算你用這種方式威脅我，我也沒有辦法給你任何東西。」
「有，你當然有，你不是有一張彩券嗎？」
「彩、彩券？」

志狼像雕像一樣呆立在原地無法動彈。

歹徒的聲音就像惡魔的耳語，深深地鑽進了志狼的耳朵裡：「你不要裝傻了，我知道你手上有一張彩券，就是那張價值三億元的彩券。我不要錢，我要你那張彩券，就用你昨天拿到的彩券來換你弟弟。」

聽到這裡，志狼感覺到一陣暈眩，想不到他擔心的事情終於還是發生了，鎧洛居然真的因為自己中獎的關係而被人綁架。雖然這可能是志狼這輩子唯一一次過好日子的機會，但是如果要用自己的弟弟來做交換的話，那他寧願不要。

志狼幾乎連考慮都沒有，毅然決然地對另一頭的人說：「好，只要你讓他回來，你要什麼我都給你。」

「很好，你把彩券放進一個皮箱或公事包裡面，今天下午兩點之前到東區的第一廢車場，那裡有一棟鐵皮屋，你把皮箱放在屋子的正中央就行了。我一拿到東西，你弟弟自然就會出現。記住，交易的機會只有這一次而已，如果你沒有在時間內把東西留下，那就沒有下一次了，你也別想再看見你弟弟。」

歹徒說完這句話就把電話掛掉，留下志狼拿著空話筒愣在原地。

「可惡，是從公共電話打過來的，這樣查到地點也沒用，看來這個歹徒沒有那麼笨。你還有沒有什麼特別細節可以提供出來的？對方大概幾個人？贖金是多少？交易地點是哪裡？他們想要怎麼做？」

海德爾一邊掛上手機，一邊在便條紙上多寫了幾個字。

「隊、隊長，你怎麼會……」

志狼過了一會兒後才發現是海德爾在跟他說話，看到這個狼獸人似乎已經掌握住所有狀況，讓志狼感到驚訝極了。

「隨便哪一個人聽到你講話的內容，都可以猜得到是怎麼回事，沒什麼了不起的。我已經請其他分隊幫我們進行電話追蹤，也大概記了一下，你看看上面還有沒有什麼可以補充的吧，然後就要通知其他人來幫忙支援了。」

海德爾把手上的便條紙推到志狼面前，讓他確認內容是否有錯誤。

「可、可是隊長，要是我們去埋伏的話，鎧洛他說不定會……」

「人家都直接打電話到這裡來了，難道還會警告你不准通知巡守隊嗎？」

看到志狼那副焦急的表情，海德爾反倒覺得有些好笑。

「對方應該早就知道你是做什麼的吧？既然都敢直接把電話打過來，那就表示對方早就知道我們會怎麼做，也已經做好應對我們的準備了。嘿，要是對方剛才真的有說『不准通知巡守隊』這一類的話，現在趕快告訴我，這樣我們就可以放心了，因為這代表對方連自己綁架了誰都搞不清楚。」

「但是對方沒說啊。」

志狼低頭看著便條紙，上面已經寫了好幾行跟案情有關的事項。志狼發現有些部分被空了下來，顯然是刻意留著要等他來填。

「你看看有些什麼可以寫的就先寫一下，剩下的等大家回來之後再來討論。放心，我們一定可以救出你弟弟的，不要想太多了。」

海德爾對志狼點點頭要他安心，接著拿起無線電開始呼叫其他隊員。

等所有的隊員都回到隊上時，已經快要接近一點了。海德爾向大家解釋說志狼的弟弟今天早上被人綁架，而且綁匪直接打電話到巡守隊來找志狼，要他用昨天買到的彩券來換人質。大家聽完後都對綁匪的大膽行徑感到相當憤怒，也異口同聲的表示一定會盡全力抓到綁匪，把犽鎧洛從綁匪手上救回來。

「要彩券不要現金，真是莫名奇妙，我在這一行幹這麼久了，還沒聽說過有誰綁架人是在討這個的。」

基瓦魯不解地搖了搖頭。

「不，這樣做其實非常聰明，因為鈔票上的號碼有可能會被記下來，而且三億元光靠一、兩個人根本拿不動。現在他要的是彩券，不但可以拿了就跑，而且也有很多種方式可以把彩券處理掉。就算價值少了點，應該也能拿個兩億元，這說不定也在他評估的風險範圍內。」

稍做分析之後，海德爾摸了摸下巴的藍色軟毛，接著以不同於剛才的疑惑語氣低聲說道：

「嗯……不過還真的是有點奇怪啊，照理來說，綁匪都是選容易脫逃的地點當作交易的場所，像鐵皮屋這種沒有退路的地方，應該是絕對不可能被挑上的才對，怎麼會選這裡呢？」

「也許他們只是覺得那裡比較偏僻，就隨便選了一個沒有人的地點了。過去被我們逮到的，都是些整天喝酒喝到連自己名字都不記得的傢伙，說不定他們根本就沒想那麼多，只知道自己馬上就要發財了。」

一位渾身黃毛的狼人隊員插嘴說道。

「就是說啊，勒贖電話直接打到巡守隊來，這就證明綁匪根本沒大腦。上次不是還有個傢伙寫恐嚇信，把自己的名字電話都寫上去，還要人家匯款到他的戶頭裡，結果連查都不用查就直接把他抓起來了。要說對方有什麼特別企圖，會不會想太多了？」

另一個犬獸人隊員也頗為認同地點點頭。

「我也希望是想太多，但我不贊成抱持太樂觀的想法。我們是最靠近第一廢車場的分隊，也得花上半個小時左右才能到達，綁匪卻要求志狼在兩點之前把東西拿去，這樣我們根本來不及向總部申請裝備，也沒辦法請其他分隊進行人力支援，甚至連事先埋伏的時間都不太夠。如果綁匪是考量到這一點才提出要求，那我實在不敢把事情看得太簡單。」

聽了隊長這番話，原先還抱有輕鬆態度的隊員也跟著嚴肅起來。海德爾倒也沒有怪罪的意思，只是心平氣和地繼續說道：「當然，我絕對沒有認為你們說的是錯的，畢竟我剛剛講的也都只是猜測而已，不過謹慎一點絕對錯不了。你們應該也不希望看到我們因為隨便應付的關係，結果讓歹徒跑掉的情況發生吧。」

看看隊員們沒有什麼話要說，海德爾繼續宣佈：「好了，現在時間不多了，大家看看有沒有什麼東西可以先準備的，有任何想法也可以提出來討論。五分鐘之後，除了留守的人以外，我們全體出發。」

6

下午一點三十分，志狼他們到達第一廢車場。

這個地方志狼曾經進去過好幾次，大多都是接獲民眾的線報後，前來取締喝酒鬧事的人。也有一些比較大膽的小孩想跑進來探險，結果困在廢車堆裡頭，最後哭著被他們救出去。至於為了處理綁架案而來到這個地方的情況，志狼是頭一回遇到，他也希望不會再有第二次。

一走進廢車場裡，海德爾立刻要大家分散開來進行偵查，確定廢車場裡沒有綁匪的蹤跡之後，隊員們才迂迴地挨近鐵皮屋，從鐵窗外朝屋內窺看。

鐵皮屋是用白色的鐵片和紅色的屋頂組合而成，高度約三層樓，占地範圍則有二十公尺見方。屋子裡各式各樣的機械跟零件丟了一地，放工具的鐵櫃以及板條木箱三三兩兩的放在各處，裡面裝滿了各種從報廢車輛上拆下來的零件還有工具。廢輪胎和鋼圈疊成許多小山，在鐵皮屋裡高高聳立著。此外，還有許多細長的白色小紙條在地面不時地飛舞著，看起來應該是裝箱用的墊底物。

窺視了一會兒之後，海德爾大著膽子先行上前，先從門口往裡面偷瞄了一眼，然後對其他人揮手，招呼大家一起過來。

「我想綁匪應該不在裡面，不過大家還是先巡一下以防萬一，然後找個地方躲起來。我們一共有六個人，你們三個在外面守著，我、志狼、還有基叔守在裡面。你們三個站外面的時候要小心一點，不要讓綁匪還沒走進來就被嚇跑了。還有埋伏的時候大家記得把身體藏好，我可不希望被對方看到汽車或是什麼東西的後面長了條尾巴出來。志狼，你看看東西應該要擺那裡，趕快放一下吧，時間不多了。」

「時間太少了，沒辦法調來其他設備，現在唯一弄得到的就只有這個。」

基瓦魯把一個老舊的黑色皮箱放在地上打開，推到志狼面前說：「我已經在這上面裝了發信器，如果歹徒沒有把皮箱丟掉，我們就可以追蹤到他們。不過我們不能期望太多，畢竟他們只要打開箱子把東西拿走，我們就拿他們沒轍了。所以你皮箱上的這個密碼鎖等一下要記得設定，這樣可以拖一點時間。」

「不能把發信器貼在彩券上嗎？」

志狼把彩券放進皮箱時問道。如果是平常的話，綁架這種大案子可以向總隊申請影像監視器、含有衛星定位系統的皮箱以及超薄型發信器之類的器材，現在卻只有一個用了很多年的舊發信器可以用，總叫志狼有些不太放心。

「那樣太明顯了，一定會馬上被撕掉。不用擔心啦，有我們在這裡，那些人一個都跑不掉的。」

基瓦魯在志狼鎖上密碼鎖後，露出充滿信心的笑容說道。

「好了好了，剩十五分鐘而已，大家快準備。」

海德爾和基瓦魯已經分別躲在好幾公尺外的鋼圈山和鐵櫃後面，志狼依照綁匪的要求，把皮箱放在屋子正中央，接著馬上退回到由兩個板條木箱疊放在一起所形成的屏障後面，從木條的隙縫向外偷看。

（這裡沒問題吧？會不會被看見啊？）

志狼往四周觀察了一下，發現從窗戶外面好像可以看見自己的所在位置，趕緊再從旁邊拉了一輛工具車來擋住身體，這才稍微放下心來。

時間一分一秒的過去，十分鐘，五分鐘，接著到了最後一分鐘。大家都屏息以待，準備等綁匪一出現就馬上衝出去進行圍捕。五秒、四秒、三秒、兩秒、一秒、兩點整……

啪！某個東西重重地掉到地上，志狼還沒看清楚是什麼東西，只聽見「轟」的一聲，一大團白色的煙霧隨之冒出來，瞬間籠罩住一大片視野。皮箱也被暴風吹倒在地上，接著迅速消失在煙霧之中。

志狼沒料到對方會採取這種手段，只好先待在原地。他知道等一下就會聽到綁匪闖進來的腳步聲，因此仔細傾聽著周圍的動靜，以備隨時出動。但他又十分擔心，萬一他們衝出去卻逮不到人的話，綁匪說不定會惱羞成怒而傷害鎧洛，這樣志狼一輩子都不會原諒自己的。

奇怪的是，志狼沒有聽到任何本該出現的腳步聲。煙霧很快就散去了，志狼驚訝地發現皮箱居然躺在地上毫無動靜。海德爾顯然也沒料到會有這種結果，不過他並沒有衝出去，而是從志狼看得見的角度用手勢叫他不要亂動，然後又探頭探腦地觀察四周。

過了五分鐘，確定還是沒有看到綁匪的蹤跡之後，海德爾才慢慢從鋼圈後面走出來，往皮箱的方向靠近。志狼和基瓦魯也從躲藏物後面探出頭，走到海德爾旁邊和他一起看個究竟。

地上有一個外表扭曲變形，已經不再冒煙的拉發式煙霧彈，除此之外就是沒有被人動過的皮箱。志狼對此感到十分困惑，綁匪都已經把煙霧彈丟出來，企圖擾亂他們的逮捕行動了，為什麼沒有現身拿走皮箱?他們不就是為了趁煙霧瀰漫的時候下手，才使用這種方法的嗎？

「怎麼會這樣呢？」

海德爾首先開口：「真奇怪，明明已經準時動手了，卻又不把東西拿走，這是在搞什麼啊？

難道他們進行到一半，突然決定收手不幹了嗎？」

「他們該不會是發現我們在埋伏，所以放棄交易了吧？」

志狼不安地說。

「會不會是因為他們想確認我們埋伏的位置，所以先丟一顆煙霧彈進來，想要試探我們的反應？」

基瓦魯也提出了他的看法。

「我也想過這種可能性，所以才多等了幾分鐘。可是現在看來，好像也不是這麼回事，我沒看到有人偷窺的跡象。」

聽到這話，志狼才明白為什麼海德爾剛剛會叫他不要動，看來自己的想法還是比隊長慢了一步。

「他們既沒有打算趁亂動手，也不是想發動佯攻進行試探，這要不是他們故意耍我們，就是……」

海德爾緊皺了一下眉頭，突然指著皮箱說：「快打開箱子看看。」

志狼雖然還不太明白是怎麼回事，但也感覺得出事態發展非比尋常，連忙蹲下來七手八腳的解開密碼鎖，然後打開皮箱。

「啊！」

皮箱看起來雖然沒有被動過，可是放在裡面的彩券卻已經不見了。

「可惡，我早該想到的，皮箱被綁匪偷換過了。」

海德爾氣得直跳腳，然後又對著灰狼說：「基叔，你快查一下發信器，看看還能不能把綁匪追回來。」

「好，我知道了。」

基瓦魯拿出發信器的接收裝置並打開電源，想找出綁匪拿走皮箱之後的逃亡路徑。可是……

「不、不對啊，發信器顯示綁匪還待在這裡。」

基瓦魯也發出吃驚的叫聲。

「什麼？我看看。」

海德爾把接收裝置從基瓦魯手上搶了過去，上面確實顯示發信位置就在他們的腳底下。

「在這邊嗎？綁匪是不是在地底下挖了通道？」

海德爾用鞋跟用力在地上踩了幾下，但是水泥地板發出幾聲結實的聲響，平滑的地上也看不到有類似暗門的接縫。

「綁匪該不會把發信器拆下來丟掉了吧？」

志狼一邊說著，一邊低頭想看看發信器被丟到哪裡去了。

「不可能，綁匪怎麼會知道我把發信器裝在哪裡。咦？等一下……」

基瓦魯像是突然想到什麼，拿起空空如也的皮箱翻來覆去看了半天，還把箱子倒過來，用手在蓋子跟箱底的裡面和外面摸了幾下，接著露出驚訝的表情說：「這個是我們原來的那個箱子啊！」

「什麼？」

海德爾和志狼一下子說不出話來。

「我真不敢相信，綁匪把皮箱留下來，卻把箱子裡的彩券拿走了，這到底怎麼做的啊？」

基瓦魯不可置信地說著。

看著空空的皮箱，志狼突然有一種無可言語的失落感。雖然他早就已經做好了失去這些錢的心理準備，可是他還是感到相當難過，因為他知道自己以後可能再也沒有機會賺到那麼多錢了。

海德爾衝到鐵皮屋門口，看了看四周後拿起無線電大喊：「各位各位，你們在外面埋伏的，有沒有看到綁匪的模樣？」

「沒有啊，根本就沒有人靠近過。」

原本在外面埋伏的隊員們聽到了海德爾的叫聲後，一顆顆毛茸茸的獸頭紛紛從各種意想不到的地方冒出來。他們全體搖著頭表示否認，臉上寫滿了困惑。

「沒有人靠近過？等等，你們的意思是說，從你們開始埋伏到現在，完全沒有看到過半個人嗎？天上飛的和地上走的都沒有？」

「沒有。」

回答狼人的又是一陣搖頭，只不過這一次是肯定的意思。

「沒人靠近……那剛剛的煙霧彈到底……」

海德爾好像被這個答案嚇壞了，有些手足無措地回頭看著身後的鐵皮屋，基瓦魯和志狼也在這時候拎著皮箱走出來。

「現在怎麼辦？要不要先回去請總隊提供支援？反正綁匪都跑了，繼續待著也沒有意義。」

基瓦魯先看了看身旁那隻沮喪的灰毛犬獸人，然後問海德爾。

「等等，我們再多搜一下這個地方。我總覺得綁匪應該還沒有跑遠，也許現在還有機會把他們追回來。」

聽到基瓦魯的建議，志狼連忙出聲反對。

「你會不會想太多了？綁匪都把東西拿走了，怎麼可能還留在這裡等我們去抓？再說，就算你追到了，又要怎麼證明你抓到的就是綁匪？對方一定早就把證據都藏起來了，搜身也不可能搜得出東西來。」

基瓦魯對志狼的話頗不以為然，忍不住皺起眉頭斥責他。

「可是……」

「好了好了，志狼，我們都和你一樣擔心人質的安危，可是基叔說的也有道理，我們根本不知道誰是綁匪，想追也沒有辦法啊。」

海德爾舉起雙手，制止他們繼續爭執。

「可是綁匪不一定會遵守約定，就算綁匪現在拿走了彩券，萬一到時候不肯放人，把鎧洛撕票了怎麼辦？」

志狼開始激動起來。

「我知道，可是我們現在真的是一點辦法也沒有。我們連基本的鑑識裝備都沒帶，就算想勉強進行現場搜索，也只能用眼睛看看而已，這樣是在浪費時間。現在我們應該要做的，就是趕快回去向總隊請求支援，多借一點裝備和人手，也許還能找到什麼看不見的線索。」

「我……我知道，可是我總覺得……」

志狼越說越小聲，最後突然開始拼命搖頭。

「算了……算了……我還以為我們可以抓到他，結果人家連臉都不露一下就把東西拿走，看來這大概就是我的命吧，不屬於我的就沒辦法得到，只是我一直不願意承認而已。早知道是這樣，當初我連想都不要想，今天也就不會遇到這種事情。只要把我弟弟還給我，其他什麼我都不要。」

看見志狼難過得連耳朵都垂下來，同事們紛紛上前安慰他。大家帶著既傷心又自責的志狼往外頭走去，沒走多遠，他們就發現廢車場門口躺了一個人，看起來好像在睡覺，可是姿勢又有點奇怪。

「好像有人昏倒了耶。」

某個隊員剛說出這句話，志狼就掙脫其他同事的手，一馬當先地往前衝去。

「鎧洛！鎧洛！」

等到大家靠近以後，才看清楚躺在地上的是個雙手都被綁在背後，眼睛和嘴巴也被黑布矇住的狼獸人。志狼一邊從地上抱起狼獸人，一邊替他進行鬆綁。

「他是你弟弟？」

志狼沒有回答海德爾，只是解開犽鎧洛的繩子之後將他緊緊抱在懷裡。看到志狼這個舉動，任誰都能知道答案是什麼了。

「太好了，你弟弟回來了，不用再擔心了。」

「這下你就放心了吧。」

「好了好了，沒事了，可以鬆一口氣了。」

看到犽鎧洛平安無事，其他的隊員們也替志狼感到高興。只有海德爾沒有加入道賀的行列，而是發出類似讚嘆的語氣說：「這可真是太有意思了，不但能無聲無息地把東西拿走，現在又無聲無息地把人送回來，看來對方準備的比我們想的還要充分得多。」

7

第二天，一切似乎又回歸到原始的正常生活，除了昨天那件綁架案需要進行調查以外。

總隊派了最好的鑑識技師到鐵皮屋裡進行搜查，也在發現犽鎧洛的地方進行現場搜索，結果並沒有找到其他證物或指紋。唯一有的東西，就是綁匪所遺留下來的煙霧彈，但是煙霧彈上沒有留下任何微物證據，而且那種煙霧彈在很多軍用品店都可以買的到。他們也針對採集到的腳印進行比對分析，結果只有找到廢車場員工以及志狼他們的腳印，並未發現其他可疑的人。而廢車場的員工在案發期間有完整的不在場證明，因此完全排除掉涉案的可能性。

除此之外，綁匪究竟是從何處將煙霧彈丟進鐵皮屋，又是如何將彩券從上鎖的皮箱裡面取走，仍然是一個無解的謎。不過總隊並沒有重視這個問題，因為總隊認為一定是志狼他們在埋伏時有某些環節出了差錯，像是有某些角落沒有注意到，或者是監視時有所疏忽或看漏了，所以才會出現這種奇怪的狀況，這讓大家都感到非常不服氣。因為總隊的說法等於是在指責他們怠忽職守，還認為他們用奇怪的理由來掩飾自己的失誤。海德爾也只能要大家放寬心，用逮捕綁匪的方式來證明自己的實力。

身為人質的犽鎧洛也無法提供任何有用的證詞，因為他對於被綁架的過程沒有什麼印象，只記得自己在廁所裡面被人用一塊布遮住鼻子和嘴巴，然後就什麼都不知道了。既沒看到對方長什麼樣子，也沒有聽見對方的聲音，即使抓到綁匪也無法進行指證。

這次的綁架引起了總隊的高度關注，因為約克在一個多月前也發生過一起綁架勒贖案。當時被綁架的是一家非常有名的牧場的老闆，巡守隊佈下了嚴密的包圍網想逮人，但是綁匪並沒有出現，反倒是贖金在眾目睽睽之下突然消失無蹤，結果巡守隊到現在都還沒有辦法掌握到綁匪的身分，也不知道贖金的下落。

由於這兩起綁架案的發生過程相當類似，而且綁匪當時也是向牧場主人的家屬勒索了三億元，總隊不認為這是巧合，研判這兩個綁架事件的背後主謀很可能是同一個人。因此，志狼所屬的分隊面臨了重大的破案壓力。

「志狼，志狼。來，過來一下。」

海德爾早上宣佈完昨天的調查進度以及未來的偵查方向之後，小聲對志狼噓了幾下，把他叫到辦公室裡。

「我問你，你曾經告訴過任何人你中獎的事情嗎？」

關上門之後，海德爾開門見山地向志狼問道。

「沒有，我沒告訴過任何人，連鎧洛我都沒讓他知道，怕他到處去說我們家有錢了。」

「也對，我想你應該是不會隨便跟別人說的。」

海德爾用手指輕抓了幾下臉頰上的鬢毛，接著又問：「你平常都有一直在買彩券嗎？還是偶爾想到才買？每次都是到同一家彩券行去買嗎？」

「呃，我是偶爾想到才會買個一兩張。至於是去哪一家彩券行嘛……通常是同一家，因為我都是回家時才會順便買。」

「那這一次呢？也是在平常那一家買的嗎？」

「這次……啊，這一次我是在巡邏的路上買的，因為我看到店家掛出來的紅布條寫說這次的獎金好像很多，所以就想買一張來試試運氣。」

「這樣喔。」

海德爾皺了一下眉頭，表情看來有些失望。

「你選號碼的時候都是自己選的，還是讓電腦隨便選的？選的號碼是不是都固定那幾個？」

「沒有固定，每次都是讓電腦隨便選的。」

「隨便選……」

海德爾的眉頭皺得更深了，他一邊在口中喃喃自語，一邊開始在辦公室裡來回踱步。

「嗯……有個細節我想再多跟你確定一下。當時是老師打電話來，通知說你弟弟失蹤了吧，他怎麼確定你弟弟是失蹤而不是翹課呢？」

「因為我有拜託過老師，請他多加注意一下鎧洛翹課的情形。鎧洛翹課的時候都是直接離開學校，不會請別人代點名，或是用什麼奇怪的方式做掩飾，所以老師才會認為事情不對勁。」

「是這樣啊。」

海德爾低頭沉思了一會兒，然後說：「好，我知道了，那你……啊！等等，等等，我忘了問你，你昨天去查那件命案的結果怎麼樣了？」

「喔，對，我昨天忘記說了。我去調查以後，發現死者生前曾經在銀行租了一個保險箱。不過奇怪的是，行員雖然常常看到他來，可是卻沒有看到他拿東西進去放過。」

「哦，租了這麼高級的保險箱不用，卻又經常跑進去看。嗯，這還真是有意思啊……」

不知為何，當志狼把行員告訴他的話全部都照實說了一遍之後，海德爾居然用十分滿意的表情點了點頭。

「志狼，我記得你接下來應該沒有什麼特別要做的工作吧?可以陪我去一個地方看看嗎？」

「沒問題，我們要去哪裡？」

志狼好奇地問。

「去你弟弟消失的地方。」

海德爾一邊說著，一邊把身上的無線電和手槍拉至定位。

來到約克音樂學院後，海德爾和志狼先表明了自己的巡守隊身分，然後花了一點時間，找出那位目擊到鎧洛失蹤的同學，請他重新描述昨天的情況。

「那時候我和他本來要一起去買飲料，但是一出教室他就說尿急，所以我就站在這邊等。結果等了五分鐘都沒見他出現，我就決定走進去看看，卻發現廁所裡面沒半個人影，當時的情況就是這樣。」

一位身材高大的黑熊同學站在廁所外大約十公尺的地方，一邊說出自己看到的事情，一邊揮舞著雙手比劃出當時的動線。

「你當時是怎麼確定他不在裡面的？」

海德爾開口問道。

「就把每一間廁所都打開來看啊，連掃具間我都看過，就是沒有看到他。」

「這樣啊……」

海德爾露出若有所思的表情，接著逕自推開門，讓志狼和黑熊同學跟他一起走進廁所。

廁所裡面是個狹窄的長方形空間，一進門就會看到洗臉台跟鏡子，然後是掛在牆上的擦手紙和垃圾桶，再來是四個小便斗和四個小隔間。小隔間的前三間是廁所，只有最後一間才是放打掃用具的掃具間。海德爾先環顧了一下四周，接著把每個隔間都一一推開來，仔細觀察裡面的蹲式馬桶和天花板。志狼跟著海德爾一起探頭張望，發現隔間裡上方的空隙只有二十公分左右，無法從一個隔間爬到另一個隔間。而天花板也是平整一片，看不出有任何密道之類的東西。

檢查過隔間以後，海德爾又轉頭看向窗戶。廁所裡只有一扇開在高處的小氣窗而已，不但搆不著，而且小到連頭都伸不出去。廁所裡也沒有梯子，因此無法攀爬上去。

（就算沒有梯子，如果犯人是個兔獸人或袋鼠獸人，應該可以跳得到窗戶上面吧。不過光靠這樣，還是無法從那裡出去啊。）

志狼轉頭看看四周，想要找尋其他的可能性。但是除了那四個隔間外，廁所裡就只有小便斗和洗臉台之類的東西而已，根本沒有會讓人看漏的地方。

突然，志狼像是想到了什麼似的朝門口看去。

（難道是躲在門口的天花板上？）

如果犯人是個會飛的鳥獸人，或者是身材瘦小又矯捷的猿獸人，也許可以躲在大門上方的死角而不被發現吧。不過志狼也隨即想到這種作法應該不適用於帶著肉票的情況，而且門板與天花板之間的空隙只有三十公分左右，根本沒辦法躲人，因此這種方法也行不通。

「志狼。」

海德爾出聲打斷了他的思考：「你的肩膀借我一下，我想要上去看看。」

雖然志狼不知道海德爾想看什麼，不過還是讓他騎上自己的肩膀，然後照著指示走到窗戶前面。

海德爾對氣窗上下打量了好一會兒，還伸手試著開關窗戶，然後才搖搖頭嘖了幾聲。

「隊長，你發現了什麼嗎？」

志狼好奇地問。

「發現一堆灰塵。」

海德爾簡單的回答了這句之後，便要志狼把他從肩膀上放下來，然後走到洗臉台那邊去把手洗乾淨。他抓了一張擦手紙把水分吸乾，接著拿起車輪般大小的蓋子，把用過的紙團扔進垃圾桶裡。

趁著海德爾調整制服的空檔，志狼繼續問黑熊其他的問題：「你確定鎧洛當時都沒有走出廁所嗎，會不會是你看漏了？」

「我一直往廁所的方向看過去，怎麼可能會看漏呢？」

「那……有沒有可能是你認錯人？說不定進去廁所的並不是鎧洛，只是你以為看到的是他。」

「他的毛皮顏色那麼明顯，而且我也有看到臉，怎麼可能會認錯？就算我當時真的認錯人，廁所裡的人也還是消失不見了啊。」

「說的也是。」

「當時都沒有其他的同學和你一樣，注意到他走進廁所裡面嗎？」

海德爾進一步追問。

「我想大概沒有吧……啊，等等，我記得那個時候有個清潔工從廁所裡面走出來，也許他知道發生了什麼事。」

「清潔工？原來還有別的目擊者啊？」

一聽到這個消息，志狼立刻急切地問道：「你還記得他長什麼樣子嗎？」

「不記得了，抱歉。我只知道他穿著清潔工的連身工作服，戴著帽子，身材孿瘦的，走出來的時候右手提著一袋垃圾，除此之外就沒什麼印象了。」

黑熊搖搖頭。

「沒關係，這裡有一張清潔人員輪班表，上面還留著前幾天的紀錄。我已經把當時負責打掃的人記下來了，只要去辦公室請他們聯絡一下就好。」

海德爾把視線從牆壁上移開，然後對黑熊點點頭說：「謝謝你的幫忙，你可以先回去休息了。」

8

「你回來啦，隊長怎麼沒有跟你一起回來？」

當志狼走進巡守隊的門口時，坐在櫃台的隊員問道。

「隊長說要去拿前天那件命案的驗屍報告，叫我自己先回來。」

志狼簡單地回答了這個問題，然後就一屁股坐到自己的位置上，抽出一張白紙開始寫起這兩天對於綁架案的調查結果。這是海德爾在志狼回到隊上以前，特別交代給他的工作。

他吩咐志狼，不需要在意案件還沒破或是線索不夠的問題，這並不是正式的調查報告，只是寫給自己人看的整理資料而已。所以只要照著調查結果，把已知事項全部寫出來就好。不需要用公文的方式來寫，但內容一定要詳細。

志狼一邊回想著昨天的搜查經過，一邊逐字寫下記憶中的摘要報告。

昨天下午，當總隊的鑑識人員離開後，海德爾立刻帶著志狼還有其他隊員重新進行了一次調查。結果發現鐵皮屋的地板全是實心水泥，而且牆壁和屋頂的鐵皮也沒有任何可以藏人的地方或通道。所以綁匪只能從大門或是窗戶進出，這點應該無庸置疑。

海德爾親自檢查了當時使用的皮箱，確定上面並沒有任何可以打開箱子的機關或開口。雖然有隊員懷疑會不會是皮箱的鎖頭不靈光，不過經過實驗之後，證明了這個上鎖的皮箱就像緊閉的蚌殼一樣結實牢靠。因此，唯一能夠想到的可能性，就是綁匪先藉著超人的眼力或望遠鏡，偷看到志狼設定的密碼，然後趁煙霧瀰漫時以極快的速度打開皮箱，拿走裡面的東西以後再把鎖撥回原樣。

那枚煙霧彈的出處也同樣是個謎團。根據凹痕的形狀來推算，煙霧彈應該是從接近屋頂的高度，以幾乎垂直的角度落下來的。雖然不知道它是從高處直接丟下來，還是從平地丟到高空之後才落下，但可以肯定的是，這兩種投擲方式從鐵皮屋外面絕對辦不到，而守在外頭的隊員也沒看到有東西飛進屋內。

然而，志狼搜遍屋裡所有的架子和隱蔽處，甚至照著海德爾的命令，爬到靠近屋頂的鋼筋橫樑上，卻都找不到可以用來發射煙霧彈的裝置，也沒發現類似的痕跡，所以只能暫時認定煙霧彈是綁匪親自丟出來的。但是他們埋伏前已經確認過屋裡沒人了，對方又是如何躲過他們的視線而不被發現的呢？

寫到這裡，志狼也想起昨天基瓦魯所注意到的重點，於是將這件事情也一併寫下。

基瓦魯認為，綁匪的身分應該可以透過幾個部分來加以過濾。首先是綁匪拿走彩券時並沒有發出跑步的聲音，第二則是現場並沒有找到綁匪的鞋印。依這兩件事實來看，綁匪很有可能是有翼類的獸人，而其中又以飛行速度與肌肉力量見長的鷹獸人為主要嫌疑犯。

如果綁匪是用飛的，當然就不會留下任何腳印，也不會發出走路聲。況且鷹獸人的視力通常都高人一等，極有可能偷看得到志狼設定的密碼——這也很符合先前的猜測。雖然目前還無法解釋為什麼綁匪能避開外面和裡面的巡守員，不過這個切入點很值得進行研究。

相較之下，志狼在學校所進行的調查就沒有那麼順利了。當他和海德爾到辦公室去詢問如何聯絡清潔工時，他們錯愕地發現昨天早上的清潔工因為身體不舒服的關係，根本沒有去廁所打掃，換句話說，當時的清潔工是犯人假扮的。既然目擊者沒見到對方的長相，而工作服又擺在工具間，任何人都可以拿，那麼這個調查方向自然也是死路一條。

「喔，隊長，你回來了。」

當志狼寫到一個段落時，聽見其他人和海德爾打招呼的聲音。他抬起頭，發現眼前的狼人居然空著雙手走進門口，心裡便覺得有些奇怪。

「隊長，你不是說要去拿驗屍報告嗎？」

「驗屍報告還沒生出來咧，法醫跟我說他得先弄總隊要求的報告，所以我們的東西要明天或後天才能給，真是的。」

海德爾忿忿不平地說出了兩手空空的原因，接著把頭一歪，盯著志狼桌上的那份報告。

「我還差一點細節沒寫完。」

志狼帶著歉意說道。

「沒關係，你慢慢寫，反正不急。」

說著，海德爾轉頭對另外一位馬獸人說：「對了，小碼，總隊的人說他們有傳真一張公文過來，每個人看過以後都要簽名，你們有沒有收到？」

「有，我記得已經傳到了志狼的桌子上。」

聞言，志狼立刻抬起頭來搜尋自己的桌面，但他什麼公文都沒看到。

「沒有啊，東西在哪裡？」

海德爾也用他的眼睛加入搜索的行列。

「有吧，我記得之前有人把它拿到志狼的桌子上來放。」

馬獸人走到志狼旁邊，把桌上的筆筒和資料夾一一拿起來檢查，接著露出傷腦筋的表情說：「奇怪，怎麼不見了？」

志狼也幫忙挪開桌上的東西，卻還是沒有找到對方說的那份文件。接著他突然想起某件事情，於是把手上正在寫的那份報告拿起來查看。

「啊，在這裡，壓在我這張報告下面了，對不起啊。」

志狼把那張公文遞給海德爾，接著把報告的最後幾個字補上。

當他再次抬起頭，準備將報告拿給海德爾時，卻發現對方的視線正不斷地在半空中遊移，彷彿忽然失神一般。

「隊長，你怎麼了？」

志狼疑惑地問。

「啊？沒有，你已經寫好了是嗎？我看看。」

海德爾把志狼的報告接過去，並用那雙掃描器般的藍眼睛快速看過一遍，然後說：「哦，寫得還真不錯，該有的資料全有了。謝謝你啊，這種東西還是只有你來寫我才放心。」

海德爾悄悄對志狼說出最後那句話，然後又恢復音量對坐在兩張桌子外的灰狼獸人說：「基叔，我記得你明後天都是休假，然後再來就要離開了嘛。是不是應該要趁這兩天幫你舉辦歡送會？」

「不必了吧？歡送會多麻煩啊，把錢省下來不是更好。」

基瓦魯擺擺手說。

「這種錢沒必要省啊，再說又不會很麻煩。大家一起吃個飯什麼的，其實也不算是多花錢，頂多每人出個幾百塊而已，沒有很貴啦。」

聽到旁邊的同事一派輕鬆地這麼說，志狼內心頓時像被針扎了一下。

「錢的問題你們不用考慮，只要幫忙找找看哪裡適合聚餐就好。既然這件事情是我提議的，吃飯的錢當然就由我來出，這樣沒問題吧？」

「哇，隊長出錢耶，那一定要選個好一點的餐廳才行了。」

「隊長萬歲！」

坐在志狼對面的另一個熊人同事也忍不住歡呼起來。

在同事們大聲叫好的鼓噪聲中，只有志狼露出了不怎麼開心的凝重表情。

雖然海德爾是以理所當然的口吻說出這句話，不過志狼一聽就明白，他其實是為了減輕自己的負擔才會這麼說的。

全隊的同事都知道志狼不喜歡別人替他出錢，所以海德爾就自願幫所有人付帳，以掩飾他的真正意圖。這種體貼做法雖然很令人感動，卻也讓志狼覺得更加難過。他好想立刻回絕掉海德爾的好意，可是看到同事們興高采烈的模樣，志狼也不好意思當著大家的面前說出這種掃興話。

「唉喲！」

一個拿著檔案夾，和志狼同為犬獸人的隊員一不小心踢到延長線的電線，結果把插頭從牆上給扯了下來，還差點跌了個狗吃屎。

「小心點，就算聽到有大餐可以吃，也用不著這麼興奮吧？」

海德爾把插頭從地上撿起來，不發一語地仔細查看。過了好一會兒後，他才搖搖頭說：「你看看，插頭都扯壞了，走路要小心一點。」

「對不起，隊長。」

「沒有關係，到時候我再買一個來換就好。」

不知道為什麼，志狼總覺得海德爾的心情看起來似乎變好了。不過他現在沒心情去關心這些，只想著不知道什麼時候才比較適合拒絕海德爾的邀約。

9

晚上八點，志狼一如往常地將當天的公文整理好，接著打卡下班回家。

一路上，四周的店家好像全都在進行年終大拍賣一樣，不斷打出各種優惠以及折價的口號。當志狼看到路旁掛著「賀！本店三度開出頭獎」的紅布條時，他停下了腳步，略帶遲疑地從口袋裡拿出錢包來確認。

錢包裡面只剩下最後兩張鈔票，還有幾枚用來打電話的零錢。

看著空空的錢包，兩行淚水也跟著從佈滿灰毛的臉龐上滑落下來。志狼這時再也忍不住，站在路旁哭了起來。

他原本還以為自己終於苦盡甘來，可以不用再為房屋貸款以及學費的事情煩惱，或許還可以奢侈一下，買點平常捨不得買的東西。可是現在呢？錢也沒了，鎧洛還被人綁架，差點連命都丟了。為什麼上天要對他這麼殘酷？只讓他高興了一個晚上而已，就把這小小的夢想徹底破滅，難道夢想就只能是個夢，一到天亮就必須要醒來嗎？

志狼難過地把錢包收回口袋裡，用手臂抹了抹眼睛，低著頭繼續往回家的方向走。

走沒兩步，志狼才想起家裡已經沒有東西可以拿來煮晚餐了，只好抱著姑且一試的念頭走到大賣場，想看看賣場裡面是否有便宜的特價商品可以買。

一踏進賣場門口，志狼就專心聽著頭上傳來的廣播，想要知道現在有什麼蔬菜正在特價。不過他聽了半天，卻只聽到一些像是「家電用品全面八折起」，或是「液晶螢幕買第二套半價」的廣告。要不就是「特大號的洗衣籃、晾衣竿、塑膠水桶，全面特價九十九」，還有「各種玩具特價優惠，魔幻寶盒、神祕的魔法鍋、幽浮存錢筒，通通只要半價」之類跟食物完全扯不上邊的優惠活動。

「志狼，嘿，志狼！」

當志狼正要走到食物區的位置時，突然聽到有人叫他的聲音。他轉頭過去，發現海德爾正朝著自己大步走過來。

「隊長，你怎麼會在這裡？」

志狼很意外，他記得海德爾的家應該是在另一個方向才對。

「來買延長線啊，還有我一直在想，歡送會的時候要買什麼禮物送給基叔。」
海德爾理所當然地回答。
「禮物……」
這句話讓志狼想起自己不久之前的決定，他咬了咬牙，趁自己還沒後悔之前對海德爾說：「隊長，我想我還是不要去了。你們不用訂我那一份，我不吃沒有關係。」
「為什麼？」
海德爾大吃一驚。
「因為……我那天有點事……」
「喔。」
海德爾點點頭說：「有事的話也沒關係，我們會幫你打包回來。」
「隊長！」
「怎麼了？」
志狼一下子說不出話來，只能用苦澀的表情看著眼前這隻一臉無辜樣的藍毛狼人。幾秒鐘後，志狼再也忍耐不下去了，他決定不顧一切地說出實話：「我知道你是為了要幫我付，所以才會替大家出錢，你根本就不需要這樣。我……我那些錢我還出得起，我的那一份我自己付就好了！」
「什麼意思？我不是說錢都由我來付就好了嗎，你當然也包括在內啊，為什麼還要自己再付呢？」

海德爾露出困惑的表情，也不知道是真的不懂還是在裝傻。

「你根本就不是真的要請大家，你只是想付我那一份而已。你明明知道我不喜歡讓別人請，所以才說都由你來出就好，你以為我看不出來嗎？」

「我聽不懂你在說什麼，我本來就沒打算讓你們在歡送會上出半毛錢。反正我平常過得很省，現在花這一點也不算什麼。難得隊上的人要退休，那就由我來出錢，大家也能吃好一點，這樣有什麼問題嗎？」

儘管海德爾說話的語氣十分平穩，但卻帶有一種不容辯駁的堅決意味。不管對方到底是真不懂還是裝糊塗，顯然都已經決意不會收他的錢了。志狼知道自己再怎麼說都沒有用，只好選擇接受下來。

「好了，難得我說要請客一次，你就說要自己付，這樣很不給面子耶，難道我請的東西有那麼難吃嗎？」

海德爾伸手拍拍志狼的肩膀，然後說：「如果你真的覺得不想欠我這個情，那就多努力一點，把這幾件案子的嫌犯全都找出來。犯人的價值可比一頓飯還要高得多，你說是不是？」

「是，謝謝隊長。」

「不說這個了，你知不知道延長線放在什麼地方？我在這裡面繞了半天，都找不到哪裡才有賣這東西的。」

「延長線……好像是在那個方向吧。」

志狼伸手朝海德爾的後面指去。

「啊？原來我走過頭了，真是的。我實在是很不習慣逛大賣場，不但搞不清楚哪裡是哪裡，而且一直都那麼吵，真是讓人受不了。」

像是在印證這個說法似的，海德爾的話才剛說完，賣場裡又開始重複起那些特價商品的廣告。

「那……隊長，如果沒有別的事情的話，我要去那邊買延長線……不是，是去買菜了。」

「好，你去忙你的事情吧，我也差不多該……」

海德爾突然睜大眼睛說不出話來，舉起來道別的手也在半空中僵住不動。志狼還以為發生了什麼事情，連忙轉頭查看四周，卻什麼東西也沒有看見。

「怎麼了，隊長？你是不是忘了什麼事情？」

志狼不明就裡地問。

「志狼……我記得昨天使用的皮箱是隊上的公物，平常沒有使用的時候都收在看不見的地方，而且也沒有讓民眾外借，對不對？」

海德爾保持著雕像的模樣，用聽起來像是被人催眠的語氣問道。

志狼對於狼人這怪異的舉止完全摸不著頭緒，不過還是回答他說：「對，不過我們平常也沒什麼機會用到它，只有你上一次去總隊開會的時候才……」

「啊……對，對，對，我想起來了，就是這樣沒有錯。還有那個彩券……就是彩券把這些事情給連起來的……」

海德爾露出恍然大悟的神情，接著對志狼說：「謝啦，志狼，你去買你的東西吧，我也要趕快去弄我的事情了。」

海德爾重新跟志狼揮手道別，隨即轉身快步離去。

10

兩天後，基瓦魯的歡送會按照預定計畫舉行了。

歡送會是在距離巡守隊大約兩百公尺以外，一家很有名的大餐廳裡舉行的。海德爾把餐廳裡最大的一間包廂訂了下來，這樣既不會打擾到外面的人，也不用擔心會有外人闖入而破壞了聚餐的氣氛。

大家在歡送會上開心地喝酒聊天，盡情享用著服務生送上來的每一道佳餚。志狼雖然也和其他人一樣，表現出愉快歡樂的盡興模樣，但在他的內心深處，卻一直有種食不知味的空虛感。

這兩天的調查進度依然沒有任何進展，既沒有過濾出可能的嫌疑犯，也沒有把任何無解的謎團給解開。即使大家按照基瓦魯的推測去進行搜查，也沒有辦法找出半點有用的線索。搜查行動毫無收穫，再加上志狼原本就不是很樂意參加這次的聚會，兩者相加在一起，自然會讓他難過得鬱鬱寡歡。

志狼把目光轉移到坐在斜對面的狼獸人身上，海德爾對於案件似乎有一套自己的想法，但是他既沒有指出新的調查方向，也不肯透露出任何線索，只是獨自外出進行去向不明的查訪，真不知道他葫蘆裡在賣什麼藥。

不過在聚餐開始之前，志狼看到海德爾把一個牛皮紙袋壓在尾巴後面，也許那就是他這兩天私下查訪的成果吧。只是志狼實在不明白，為什麼吃飯也要帶著這種東西？

「基叔啊，你退休以後打算要做什麼？」

旁人頻頻詢問基瓦魯的聲音，把志狼的注意力從巡守長身上拉開來。

「退休當然就是養老了，大概就是種種花、養養寵物、下棋散步什麼的，都是你們這些年輕人沒興趣的啦，沒什麼好問的。」

「我們離退休還有好長一段時間，先參考一下你的意見，以後才知道該做什麼來打發時間啊。」

「對啊，其實基叔你也沒那麼老嘛，還可以再繼續開創事業的第二春。等到我們也退休的時候，就可以拜託你再繼續多關照我們嘍。」

「沒良心的小兔崽子，我才剛準備要退休而已，你就已經叫我再去找下一份工作了，是不是不打算讓我休息一下？而且還想搭我的便車，你想得美喔。」

基瓦魯笑著把說出這句話的隊員罵了一頓，然後再次舉起杯子，向大家回敬一杯啤酒。

「不過話又說回來，臨走前遇到兩件案子，還沒破案就要退休了，感覺還真是有點可惜啊。」

聽到老狼人語重心長地這麼說，包廂內的氣氛一下子冷了不少。基瓦魯發現自己說出不該說的話，趕緊轉移話題說道：「沒事，沒事，大家繼續吃，不要理我剛才說的話。今天大家都要開心一點，不要講這些掃興的事情了。」

「基叔啊。」

海德爾突然從他的座位上站起身來。

「其實我這兩天有查出了一點東西，不過沒讓大家知道，因為我想用它們來做出一段推理，好當作是送給你的退休禮物。另外，我還準備了一點小禮物，也是等一下要送給你帶回去的紀念品。」

說完，海德爾把一個包裝精美的小盒子拿出來放在桌上。

「噢！那好啊，你就說出來讓大家聽聽吧，也許我還能給你一點建議呢，這也算是我能幫你們的最後一次忙。」

此言一出，四周立刻變得靜悄悄的，大家全都屏息以待，想知道海德爾究竟查出了什麼事情。志狼也暫時停止憂鬱，全神貫注地聆聽海德爾說話。

「我先從犽鎧洛在學校裡失蹤的這件事情開始說起吧，我想志狼大概也會比較想先知道這個。」

海德爾先清清喉嚨，然後開始進行解說：「我一開始考慮到的是，這會不會是犽鎧洛自己先翹課，接著才被人綁架。可是志狼曾經跟我說過，他弟弟翹課的時候都是光明正大的走出學校，而且他也沒有必要故意讓人看見他消失，所以這種可能性可以排除掉。

同樣的道理也適用於犽鎧洛自導自演的情形上，我就不再複述了。再說，他也不知道志狼有買彩券的事情，自然更沒有理由這麼做。

再來的第二種可能性，就是犽鎧洛的老師或同學說謊。也就是說，犽鎧洛只是單純的被綁架而已，並沒有憑空消失這件事情。但是他們既不可能是嫌犯，也沒有必要杜撰出這種戲碼。就算他們撞見了犽鎧洛被綁架的那一幕，犯人威脅他們必須說出這個故事，他們也一定不會照做，因此這種可能性也可以先排除。以上說的，大家都還可以接受嗎？會不會覺得進展太快？」

看到大家整齊劃一的搖頭模樣，海德爾也點點頭繼續說明。

「既然沒有自己人犯案的內在因素，那就代表犯人當時是真的使用了某種方式，讓犽鎧洛從廁所裡面消失不見。我和志狼親自進去檢查過，發現廁所裡面只有一扇小到過不去的氣窗而已，並沒有可以把人運出去的祕密空間。不過後來我才想到，廁所裡有一個不會有人去找的地方。犽鎧洛之所以會突然消失，其實就是被藏在那裡。」

「那是什麼地方？」

「就是垃圾桶裡面。」

志狼不解地問道。

「垃圾……」

「犯人迷昏你弟弟以後，把他藏在洗臉台旁邊的垃圾桶裡，然後再套上新的垃圾袋，丟進一些垃圾當作掩飾，這樣就算有人打開蓋子，也只會以為下面是滿滿的一堆垃圾而已。學校廁所用的都是特大號的垃圾桶，要塞一個人進去還不成問題。你弟弟的同學不是也有看到偽裝成清潔工的犯人，從廁所裡面提著垃圾走出來嗎？他手上之所以會提著一袋垃圾，是因為不把多餘的垃圾拿走的話，就沒辦法把你弟弟塞進去了。」

「垃圾桶……」

志狼有些無法相信答案居然這麼簡單，接著他想起之前和海德爾一同到學校去的時候，的確看到廁所的垃圾桶蓋就跟車輪一樣大，難道事情真的跟隊長說的一樣？

「為什麼犯人要讓鎧洛憑空消失呢？」

志狼又想到另一個疑問。

「要在人來人往的學校裡面進行綁架是很困難的，所以犯人必須用這種方式讓你弟弟暫時消失。等到大家都去上課之後，他就可以好整以暇地把你弟弟連同垃圾桶一起運出去。

此外，我想犯人並不是故意要讓你弟弟演出人前消失的戲碼，而是碰巧被人看到才會變成這樣。因為就算沒有人注意到他消失在廁所裡，等到上課時大家找不到人，又發現他的背包、課本以及其他東西都還留在教室，一樣會察覺事情不對勁，根本沒有必要冒著失敗的風險讓人目擊。搞不好，還會有人姑且一試的去翻垃圾桶，那就全穿幫了。」

「原來如此。」

志狼佩服地點點頭，對於謎題解開感到十分高興。

「等一下，我覺得這個說法好像有點問題。」

在大家發出此起彼落的驚嘆聲時，只有基瓦魯皺著眉頭說：「既然學校裡人來人往的，犯人應該會急著在第一時間就離開學校，而不會想花時間分兩次做完才對。所以我想，說不定犯人並不是把犽鎧洛藏在垃圾桶，而是把他裝在垃圾袋裡直接帶出去，這樣的可能性應該比較高吧？」

「這點我也有想到，不過我跟目擊者求證過，他說犯人是單手提著垃圾袋走出來的，所以應該不是這樣。再說，想要抬起一個人需要很大的力氣，而犯人的體型似乎並不壯碩。如果犯人當時使用這種方式，就一定會用推車或是其他的工具來載那包垃圾。」

基瓦魯又稍微想了一下，接著點點頭，表示自己也贊成這種看法，同時請他繼續說下去。

「至於犯人是怎麼不被發現的把煙霧彈丟進鐵皮屋裡，又是怎麼樣才能把彩券從上鎖的皮箱裡拿走的，我也已經知道了。不過在進行解釋之前，我得先說明另一件事情——也就是我們在煙霧彈上面所犯的錯誤。

我們看到犯人使用煙霧彈，就以為他動了什麼不想讓人看見的手腳，或是想掩飾自己的長相與身分。不過事實上，犯人在煙霧瀰漫的時間裡什麼都沒做，不僅沒有現出身影，甚至也沒有碰到過彩券，更不用說是拿走它了。」

「你說犯人沒有拿走彩券？可是彩券明明已經不在皮箱裡了啊？」

志狼搶在基瓦魯開口之前問。

「看不到不表示它已經不在那裡，如果要用實際的例子來解釋的話……基叔，我可以現在把你的禮物打開來給大家看看嗎？」

「沒關係啊，反正禮物本來就是要拆開的，現在打開也無所謂。」

徵得基瓦魯的同意之後，海德爾動手把禮物的包裝紙拆掉，露出裡面的黑色長方形盒子。盒子是塑膠做的，厚度大約有一公分，看起來似乎是用來放零錢或名片的。不過志狼仔細想了一下，又覺得這應該是用來放勳章的盒子才對，也許隊長是想讓基瓦魯把他一路走來的成果收藏進去。

海德爾把盒子打開，稍微向大家展示一下後放在桌上，然後說：「這個盒子就跟我們那天使用的皮箱一樣，裡面既沒有開口也沒有破損，雖然沒辦法從外面上鎖，不過沒關係，我用這條橡皮筋來代替，大家暫時將就一下吧。接下來的部分我會邊說邊做，這樣你們才看得清楚。案發當時，皮箱就像這樣打開著，志狼先將彩券——我這邊用名片來代替——放到皮箱裡面，然後再把皮箱關起來，鎖上密碼鎖。這樣一來，在不打開皮箱的情況下，名片就拿不出來了。」

海德爾將一張名片丟進盒子裡，蓋上蓋子之後用橡皮筋繞了三圈，然後把盒子放回餐桌上。

「接著，犯人丟出煙霧彈來遮蔽我們的視野，等到煙霧散去後，我們又重新打開皮箱來看，結果彩券就這樣消失了。」

海德爾再次拿起盒子，把橡皮筋從上面解開，揭開蓋子，結果裡面的名片竟然真如他所言一般，消失得無影無蹤。

「這……」

志狼感受到跟當時同樣的強烈衝擊，一下子說不出話來。而當他看到海德爾把盒子倒過來搖晃，證明裡面真的什麼東西都沒有的時候，更是目瞪口呆地張大嘴巴。

「當時的情形差不多就像這樣。」

海德爾淡淡地說。

「名片呢？」

志狼好不容易才擠出這句。

「還在盒子裡，只是你們看不見而已。等一下我把名片拿出來，你們就知道是怎麼一回事了。」

海德爾在自己的上衣口袋裡摸索了一會兒，拿出一塊小小的圓形物體。當他把那個東西放進盒子底部時，盒子發出了「啪」的一聲。接著，等他再把那樣東西拿起來時，上面居然黏了一塊跟盒子相同顏色的薄板，而代替彩券的名片就被壓在那塊薄板的下面。

「這個是我從大賣場買來的魔術道具，它的原理是利用某樣東西來遮蓋住原有的物品，製造出原有物品消失不見的錯覺。這是一種很常見的盲點，不過不明白的人很容易就會被騙。除了這個以外，還有一種上面有幽浮圖案，錢一丟進去就會消失的存錢筒，也是利用這種原理來製造的，只不過那個用的是鏡子，這個用的是鐵片。」

聽了這一番話，志狼也回想起兩天前在大賣場裡聽見的廣告。原來隊長當時就是因為從廣告裡想通了這一點，所以才會露出吃驚的表情楞在原地，只有自己還傻傻的搞不清楚狀況，完全沒發現答案正在頭頂上反覆播放。

「我會想到這種方法，是因為前兩天有份公文放在志狼的桌上，我們卻怎麼找也找不到，後來才發現原來公文是被壓在另一份文件下面。所以我就想，會不會綁匪也是用了同樣的手法。只是那時候雖然有了想法，卻不確定實際的做法究竟為何。直到後來我去了大賣場，才想起市面上有賣一模一樣的魔術道具。」

海德爾晃了晃手上的鐵片，繼續對大家說道：「犯人先在皮箱裡動過手腳，放進一塊大小與材質都和皮箱內部相同的薄板，然後在薄板與皮箱的四個角落各塞進一小片磁鐵。等到志狼把彩券放進去之後，只要皮箱被翻到另一面，薄板就會蓋住彩券並貼在底部，看起來就像彩券從皮箱裡消失了一樣。再加上犯人還使用煙霧彈來掩飾行蹤，我們便以為犯人是在那段時間裡把彩券拿走的。」

「所以……就像他從學校裡弄走鎧洛一樣，他一直等到我們以為東西沒了，放鬆戒心以後，再找機會把皮箱裡面的彩券拿出來？」

志狼想了一會兒之後，有些不太確定地說。

「完全正確，照這個方法，打從一開始就不需要倚靠種族上的先天優勢，即使是人類也能辦到。至於當時沒有聽到犯人腳步聲這點，也同樣可以得到合理的解釋。因為犯人從頭到尾都沒有靠近過皮箱，自然也不會有腳步聲。

不過犯人沒想到的是，這個詭計雖然在當時成功的騙過我們，卻也在之後成為了找出犯人的線索。」

11

這個消息比剛才的詭計說明還要令大家振奮，有的隊員激動到打翻自己桌上的啤酒，也有隊員從座位上站了起來。一陣混亂後，某個隊員代表大家說出了他們的共同心聲：「隊長，既然你已經知道尋找綁匪的線索是什麼，怎麼不早點說出來，讓大家一起去幫忙找呢？」

「想是想到了，不過我還不能百分之百的肯定，所以才會先在這裡說給你們聽，讓你們幫忙看看有沒有什麼問題，不然要是抓錯的話就麻煩了。再說，就算我沒有弄錯，那麼多巡守員一起追查同一件事情，肯定會打草驚蛇。我是怕犯人會有所警覺而脫逃，才會單獨出去進行調查。」

海德爾把手上的東西放回盒子裡面，然後一臉嚴肅地對大家說：「要想找出犯人是誰，就得先弄清楚一個問題——為什麼綁匪能事先在皮箱上動手腳？用來裝彩券的皮箱是巡守隊的公物，平常都放在看不到的地方，一般民眾也不知道它放在哪裡。甚至，就連我們自己都不怎麼會用到它，更不用說是將它出借給外面的人了。」

聽到這似曾相識的話語，志狼突然理解海德爾真正的意思是什麼了。

「皮箱是外人無法碰觸的東西，再加上鐵皮屋裡並沒有看到任何人進出，也沒有發現任何可供躲藏的地方，綜合這三點來看，犯人應該是當時待在鐵皮屋裡面的巡守隊成員。志狼沒理由自導自演，我從頭到尾都沒有碰過皮箱，所以犯人就是除了我們兩個以外，唯一有機會在皮箱上動手腳的人，也就是基叔。」

包廂裡的聲音好像完全消失了，隊員們不自覺地朝海德爾手指的方向，也就是基瓦魯身上看去，臉上盡是震驚與錯愕的表情。

「這……弄、弄錯了吧？呵呵……我……我怎麼會做出這種事情呢？」

雖然基瓦魯想要表現出這不過是個差勁的玩笑而已，但是有那麼一瞬間，志狼卻看到他露出了狩獵般的銳利眼神。

志狼幾乎無法接受這個事實，他不敢相信綁架鎧洛、勒索自己的犯人，居然會是每天相處的夥伴，而且還是即將退休的老隊員。

海德爾也以不輸給老狼人的冷冽眼光回瞪著他，同時繼續進行解釋。

「我想你應該是在裝發信器的時候設下機關的吧，如果是基叔的話，就算動作慢了點也不會被懷疑是在動手腳，而且在使用皮箱的詭計時，最大的問題在於機關會不會發揮作用。我記得當時是你先動手打開皮箱，然後才交給志狼拿去裝彩券的。你只要先把皮箱翻到正確的方向，等到志狼把東西放進去，機關就會自動發揮作用了。

既然想到犯人是你，煙霧彈的出處自然也能夠得到解釋了——那是你在現場親自丟出來的。當時我們三個各自躲在不同的遮蔽物後面，眼睛又直直盯著門口和皮箱，根本沒有人會去注意你的異常舉動。你會指定皮箱放置的位置，是因為怕皮箱和煙霧彈的落點相距太遠。之所以將煙霧彈丟到屋頂的高度，則是為了使拋物線能夠盡量接近垂直，好讓我們看不出它是從哪裡出現的。

雖然你是運氣好才被我選為埋伏在屋裡的成員，不過就算我沒選你，你也只要自告奮勇的說『為了以防萬一，我也一起待在現場』就好。你是經驗比我還要豐富的老手，我不可能會拒絕你。」

「等一下，那犽鎧洛的事情要怎麼解釋？我們離開廢車場的時候，才在門口發現他，可是我一直都跟你們在一起，怎麼可能把犽鎧洛搬到門口？」

基瓦魯絞盡腦汁，想找出一個足以反駁的說法。

「檢查廢車場的時候大家都是各走各的，你只要先把志狼的弟弟藏起來，等到大家檢查完四周，準備在鐵皮屋集合的時候，再把犽鎧洛搬到門口就行了。反正集合的時候根本不會有人去注意門口，況且我們已經檢查過一次了。」

「那他待在學校的時候呢？我又不知道犽鎧洛在哪間教室上課，怎麼可能在一大群學生中找到他？」

「你根本不用找，志狼把他弟弟的課表貼在自己的桌子上，看一下就能知道他幾點的時候會待在哪間教室。不管是誰，總會有獨自去上廁所的時候，你只要打扮成清潔工，埋伏在附近的廁所裡等他來就好。」

「好吧，就算你說的沒錯，我是最有可能的嫌疑犯好了。但是我根本不知道志狼中獎的事情，為什麼要這麼做呢？」

「你提到這件案子的重點了。」

海德爾輕撫著下巴，慢條斯理地說道：「志狼曾經告訴過我，他買彩券的時候都是臨時想到才會買，而且既無固定號碼，也不會讓別人知道他有買，那麼綁匪為什麼會知道他有買彩券還中獎？彩券行老闆似乎是唯一的可能，但是這可能性很低，因為他這一次並不是在平常經過的地方買，而且老闆知不知道他是誰都是個問題。所以我考慮到另一種假設，它可以解釋一切說不通的地方。」

「什麼假設？」

大家發出了相同的問題。

海德爾轉頭看著志狼說：「到目前為止，我們都認為綁匪想要你那張中了獎的彩券，可是綁匪要的如果根本不是你那天買到的彩券呢？」

「你把我弄迷糊了，我就只有那一張彩券而已啊，而且綁匪的確是把彩券拿走了，他還知道我的彩券中了三億元。」

志狼皺著眉頭說道。

「不、不……你還記得在犽鎧洛被綁架的那天早上，你曾經說過『我拿昨天找到的彩券去調查』這句話嗎？我認為歹徒就是因為聽到這句話，才會決定去綁架你弟弟。可是這又有點奇怪，因為光憑這句話，是不可能知道你中了三億元這種大獎，接著我想起你前一天做過的事情，於是得出一個假設：犯人要的並不是你買的中獎彩券，而是你『昨天找到的彩券』。」

「可是我並沒有找到什麼彩券啊，那是我一時口誤說錯了。」

志狼愣愣地說。

「誰會知道你那時候是口誤呢？如果這個推理成立，那就有很多事情都可以得到解釋，包括前幾天那件命案。我想，那件命案的凶手就是基叔，動機則與上個月那件三億元綁架案有關，基叔和布利加爾就是那件案子的綁匪。」

「什麼？連那兩件案子也都是基叔做的？」

眾人又是一陣驚呼。

「布利加爾是在一個月前搬進他的新家，也是在一個月前租了與他身分不符的保險箱，而綁架案也是發生在一個月前，你們不覺得這巧得有些奇怪嗎？尤其是布利加爾居然能用現金把半年的租金一次付清。雖然他住的是間舊公寓，租金應該也不會太少。最重要的是，他衣櫃裡的衣服都還很新，對於一個經濟狀況不佳的失業者來說，他的出手不會太大方了嗎？當然，如果布利加爾和那件綁架案有關的話，那就變得十分合理了。

順著這條線推理下去，或許是布利加爾獨吞了那三億元的贖金，他租了那間公寓當作藏身處，結果基叔找上門來，發現他把錢都藏在銀行保險箱裡，要用的時候才跑去領，這就是為什麼布利加爾總是兩手空空的離開銀行，因為他每次都只拿幾疊鈔票出來花，塞在口袋就夠了。喔，還有，他第一次進銀行的時候並不是兩手空空的，只是因為他在拿贖金的時候有先喬裝打扮過，進銀行的時候又沒有把偽裝的身分脫下來，所以經辦才會說他沒看過布利加爾拿東西進去放，因為經辦以為他們是兩隻不同的獅子。

基叔向布利加爾逼問密碼，得知他用彩券的獎號來記密碼——我想這個推測應該沒有錯，因為那家銀行的保險箱是十二位數的密碼鎖，而彩券的獎號也同樣是由六個兩位數，也就是十二個數字所組成——然後就把他給殺了，並且按照自己過去的辦案經驗，把現場佈置得跟普通的強盜殺人案一樣。但是基叔後來卻因為某些緣故沒有拿到錢，所以只好向或許擁有彩券的志狼進行勒索。」

這個答案實在令大家感到難以置信，可是聽起來卻又十分合理。如果海德爾的推理屬實，基瓦魯這輩子在巡守隊的付出都將遭到否定。

「喂喂，你連那件命案都想要往我身上推啊，這也太過分了吧？好，就算你想把這些案子都栽在我身上，也該拿點證據出來吧。證據呢？你有證據能證明我是凶手嗎？」

基瓦魯那張狼臉上已經看不到絲毫笑意，聲音裡也隱約夾帶著幾分焦慮，看來剛才的推理的確對他造成很大的震撼。

「既然我敢指控你，當然就是有證據了。」

海德爾顯然也聽出了基瓦魯內心的緊張，於是不慌不忙地繼續說明：「要綁架志狼的弟弟，又要把他藏到廢車場去，根本不可能有時間去巡邏。我問過路上的店家了，他們都已經承認當天早上曾經受到你的拜託，替你簽過巡邏箱。如果有需要的話，他們也會出來做證的。」

「那……那是因為我臨時有點事情，所以才會拜託他們幫我簽，這根本就不能當作證據。」

「是不能，不過接下來這個總可以了吧。」

海德爾甩了甩他藍色的狼尾巴，轉頭看著志狼說道：「志狼，我記得你到銀行去調查的時候，保險箱的經辦曾經告訴過你，開戶的人都會拿到一個號碼牌，是這樣沒錯吧？」

「對。」

志狼點點頭。

「既然如此，為什麼我們沒有在布利加爾的家裡找到號碼牌呢？」

「啊！」

經海德爾這麼一提醒，志狼才發現這真的是個很關鍵的問題。

「既然房間裡找不到號碼牌，那麼有沒有可能是凶手把它拿走了呢？這一點很值得商榷。附帶一提，每個客戶拿到的號碼牌都是有紀錄的，如果我們在你家裡找到布利加爾擁有的號碼牌，那就可以當作證據了。」

海德爾拿起身後的牛皮紙袋，並從裡面抽出一疊文件說：「你還想要更多證據嗎？那就看看我今天拿到的這份驗屍報告吧。法醫從屍體挖出來的彈頭上面，發現了一小片燒焦的塑膠碎片，這大概是你為了防止身上出現煙硝反應，用塑膠袋包住槍枝後射擊所遺留下來的痕跡，也是我們在搜查布利加爾的房間時，所聞到的塑膠氣味來源。

在那塊碎片底下，發現了一根被黏住的灰色毛髮，經由鑑定後，已經確認和你的毛髮比對一致，這可以算是決定性證據了吧？如果你不是凶手的話，屍體裡的子彈是不可能會沾上你的毛髮的。」

當海德爾說完這句話時，基瓦魯也頹然地癱坐在椅子上——這是他俯首認罪的最佳證明。

12

「我還是有點不太明白，你是從什麼時候開始懷疑基叔是犯人的？」

基瓦魯被逮捕後，歡送會自然也跟著宣告結束了。大家很快地把剩餘的菜全都吃個精光，然後把基瓦魯帶回巡守隊去。

除了原本就在隊上當班的人以外，其餘隊員都在押解完嫌犯之後各自解散回家了，只有志狼和海德爾留下來討論細節。

「什麼時候啊……其實在布利加爾的房間裡進行搜查的時候，我就已經開始懷疑基叔了。當我問基叔有沒有聞到塑膠燒焦的味道時，他回答說那是死者不知道從哪裡沾上的。但是基叔從頭到尾都沒有靠近過屍體，居然知道屍體上面也有這個味道，這不是很奇怪嗎？所以我就想他是不是在我們之前就已經先看過屍體了。」

「原來如此。」

志狼恍然大悟地點點頭，接著又繼續問道：「對了，那通報案電話是基叔自己打的沒錯吧？如果凶手是基叔的話，他為什麼要這麼做呢？」

「因為屍體會發臭啊，如果放著不管，過幾天一樣會被人發現。而且他快退休了，如果屍體是在他退休之後才被找到，他就沒有機會拿回彩券了。但是他又不敢回去找，怕要是被人目擊到他曾進出過那裡，那就很難自圓其說了。與其這樣，還不如現在就通知巡守隊，然後大大方方地搜查現場，搞不好還能讓我們幫忙找出他要的東西。結果你說你有找到，他當然就要跟你討了。」

「他直接從我這裡借去看不就好了？」

「他聽到你說要去調查彩券，以為你已經知道死者和綁架案有關了，他怕要是自己無緣無故向你借那張彩券來看，會讓你聯想到他們之間的關連。所以他就決定要用威脅的方式叫你把彩券交出來，這樣就算你真的想到，也不會知道對方是誰。」

「可是我還是不懂，我已經說那張彩券是我自己買到的啊，他怎麼會以為我有呢？」

「這就要怪他自己了。他以為你想獨吞那三億元的贓款，因為不願意讓大家知道彩券從哪裡來，才故意謊稱是自己買的，誰知道你講的居然是實話。如果他當時有一點點相信你的話，就會發現事情不太對勁，也就沒必要搞出這些了。我只能說，他是被那些錢沖昏頭了。」

海德爾兩手一攤，用無奈的語氣說道。

「是這樣啊……」

志狼心裡不禁生起無限感慨。

「對了，關於這次聚餐的錢，你以後可以不用再去想了，反正大家都可以不用付了，所以你也沒有欠我什麼。」

「咦？什麼意思？」

志狼露出訝異的表情。

「原本這場歡送會是私人舉辦的沒有錯，但是因為我們抓到了犯人，所以就變成了『為了逮捕嫌犯而做的佈局』，這算是調查經費的一部分，可以拿去報公帳。因此，這餐飯就不必由我來付，而是變成公家出錢了。」

說著，海德爾笑了一下：「其實這也算是我用來鞭策自己的一個賭注：如果我能讓犯人俯首認罪，這一頓飯就讓國家來請；如果我失敗了，就由我自己掏錢來當作懲罰，這樣很公平吧？」

「啊！」

志狼先是張大嘴巴，接著也跟著笑了起來。

隔天一早，巡守隊裡出現了前所未見的大騷動。

海德爾一口氣解決三件案子的消息，立刻傳遍了約克市所有的巡守隊，總隊那邊也傳來指示，要求海德爾提出一份詳細的調查報告。儘管總隊還沒正式召開記者會，不過已經有些消息靈通的記者打探到此事，並且準備在自家報紙上刊登獨家頭條新聞了。

雖然海德爾的辦案能力令人欽佩，不過他在歡送會上逮捕基瓦魯的事情，也成了大家用來揶揄他的熱門題材。

「隊長，昨天的『鴻門宴』好不好吃啊？什麼時候還會再辦第二次？」

隊員們紛紛拿這件事情來開玩笑，說吃免錢的果然要付出代價。也有人說自己再也不敢辦歡送會了，免得到時候收到一張牢房住宿券當作退休禮物。甚至還有隊員說以後看到海德爾自願掏錢時都得小心點，說不定那是他要買給某人吃的最後一餐。

基瓦魯的偵訊過程還算是相當順利，至少他願意把自己做過的事情全部和盤托出，而不是閉上嘴巴保持緘默。不過他一直態度激動地大聲抱怨，結果負責偵訊的隊員被迫聽他咆哮好幾個鐘頭，出來後直說自己要去壓驚。

「那個渾蛋是死有餘辜，明明只負責開車而已，居然還敢獨吞所有的錢。他以為他逃得過我，根本是痴人說夢，也不想想整個計畫是誰想出來的。」

除了案件的細節以外，基瓦魯也說出了他的犯罪動機，而且話匣一開就念個沒完，彷彿要把過去的不滿全都發洩出來。

「我當了一輩子的巡守員，階級還不如海德爾那個小毛頭。你看看你一個月的薪水才多少？再多幹一百年也賺不到一千萬，我現在一次就能拿三億，那可是連作夢都想不到的數字啊。然後你再看看我，我幹這個職位幹了這麼久，得到了什麼？年紀都這麼大了還要被人使喚來使喚去，就算有退休金，也不知道到底夠不夠我養老。搞不好我都退休了，還得去找份兼差的才能賺到我的棺材本，這又對我公平了嗎？」

最讓志狼難過的是，雖然他們好不容易讓基瓦魯俯首認罪，彩券卻已經找不回來了。因為基瓦魯擔心自己會因為彩券這項證據而被定罪，所以一抄下號碼就把彩券給燒掉了，連灰都不剩。

「隊長，昨天在偵訊的時候，基叔說他當時拿到的密碼是假的，可是我們並沒有在死者家裡找到其他彩券，這到底是怎麼回事呢？」

海德爾從總隊回來後，就把志狼叫進他的辦公室裡面。志狼一踏進辦公室，立刻迫不及待地搶先向海德爾提出問題，害他一時之間有些啞口無言。

「我想他拿到的應該是真正的密碼沒錯，只是因為彩券用的是感熱紙，而且死者每次都是拿著彩券邊看邊輸入密碼，所以有些字都模糊掉了，才會害基叔看錯密碼吧。要不，就是他把密碼順序打反了，也許密碼要從右看到左，但是基叔卻從左看到右，所以才會輸入失敗。」

海德爾並沒有對志狼的不禮貌表示不悅，聽到彩券被銷毀的消息後，志狼的情緒就一直顯得十分低落。或許是他認為志狼怎麼說都是個被害者，如果能在自己所知的範圍內幫他解答的話，也算是給他的一點小小安慰吧。

等了一會兒，看志狼似乎沒有其他問題後，海德爾才說出他叫志狼進辦公室的原因：「我找你來沒什麼特別的事情，只是要把這個東西給你。」

海德爾打開抽屜，從裡面拿出一個白色信封交給志狼。志狼接過來一看，發現裡面居然是一大把鈔票，把信封塞得鼓鼓的。

「這……這是……」

「這是你的破案獎金，雖然跟三億元比起來差很多，不過應該多少可以補貼一點你的損失。本來照規定，這些錢可能要好幾個月才撥得下來，但是我記得你好像又快要幫你弟弟繳學費了，說不定會需要用到，所以我就先自掏腰包，把你那份先給你了。」

「隊、隊長……」

「真的真的，你不必跟我客氣。我的薪水比你高，又沒有弟弟需要照顧，你就先拿去用吧。這本來就是你的錢，並不是我借給你的，等到錢真的發下來的時候我會把它們通通扣回來，所以你也不用覺得是自己佔到便宜。」

志狼心裡明白，海德爾之所以會態度堅定的硬要自己把錢收下，是因為他知道如果不這樣做的話，自己是絕對不肯接受別人幫助的，哪怕只是早點把錢拿到手也一樣。

志狼感動得幾乎說不出話來，這些錢不但夠他繳鎧洛的學費和房屋貸款，連接下來幾個月的開銷也暫時不成問題了，真的幫了他一個很大的忙。

下班回家的路上，志狼的心情比前幾天還要輕鬆許多，同時也為這幾天的戲劇化過程感嘆不已。原本他認識很久的同事，好像一下子變成了陌生人，為了不屬於自己的錢，什麼壞事都做了，最後還是什麼都得不到。

志狼走過彩券行時，看到外面又掛出了新的紅布條，上面寫著：「本期累積獎金一億元。」在三億元的高額獎金之後，一億元的金額看起來比較沒那麼吸引人了。志狼站在原地看了好一會兒，決定不要花這個錢去買彩券。類似的事情只要經歷一次就足夠了，他不想再遇到第二次。即使有可能再中獎一次，他也不願意用家人的性命去冒這種險。

更何況，志狼早就已經得到他真正想要的東西了。

志狼摸了摸口袋裡那一整個信封的錢，雖然這和他原先可能得到的金額相差甚遠，但一想到這是自己腳踏實地、辛辛苦苦賺來的血汗錢，志狼也就感到心滿意足了。他要的並不是用之不竭的巨額財富，而是足以養家糊口的小小收入。只有靠自己努力工作得到的錢，才能讓志狼心安理得的拿去繳學費、付貸款、以及買滷味所需要的材料。

「難得有這麼多錢，今天就多買一點吃的吧，說不定以後沒機會了。」

志狼繼續往回家的路上走，準備回到那個又小又狹窄，雖然常常需要擔心貸款以及其他的支出，但是卻有家人等待他的家。

連續殺人
研討會

這篇小說是我參加第十一屆台灣推理作家協會徵文獎的作品，而且也跟上一篇同樣進入了複選。這次我試著讓海德爾飛到國外，在人生地不熟的環境下進行調查。以現實世界來說，差不多就是台灣人到美國去的那種感覺。但完全沒有資源也無法辦案，所以就安排了願意捨命陪君子的好心人來幫忙。

雖然這部作品的主旨是翻案，但並不表示之前辦案的人是隨便亂判的。我一直認為，真正能夠展現聰明的方式並不是讓其他人變笨，而是由別人先做出已經很完整（最好是一般人都想不到）的推理後，再由偵探來點出問題，進而發現真正的真相。像《金田一少年事件簿》的真人版第一季，採用的就是這種作法。所以在這篇故事裡，我也讓配角將他們盡力調查的部分口述出來。

鑰匙的部分我原本就想好了兩個方案，只是因為已經有了警報器，所以投稿徵文獎時，我先選用了第一種方式，這邊則把它換成了第二種版本。而警報器我是親自用家裡的來作過實驗，確定沒問題後才把它寫成詭計發表。這也是我個人的堅持：對我而言，寫小說就是在變魔術，所以我會希望它們能在現實中成立，就算拿不到材料來驗證，至少理論上要行得通我才會用。

巧合的是，當十一屆台推徵文獎的決選名單公布後大約半年，《名偵探柯南》和金田一的漫畫居然不約而同地使用了同樣的道具來做詭計，讓我看了不禁捏把冷汗。如果當時我沒有趕著把這篇寫出來的話，這個詭計就不能用了。所以我也在此順便呼籲有意願寫推理小說的人，如果有好的詭計或故事構想，一定要趕快把它寫出來，不然被別人搶先一步就後悔莫及了。

1

根據氣象報導，今天白天的最高溫度是三十四度。放眼朝天空望去，全是一片萬里無雲的晴朗天氣，只有太陽無情地炙烤著地上的人事物。

在強烈的陽光照射下，水泥蓋成的房屋就跟蒸籠一樣悶熱難耐，更不用說是漢普爾正打算進去的這間員工宿舍了。這種像個人監獄的小型平房建築，即使把冷氣開到最強，也依然可以從屋子裡感受到外面的太陽有多熱。

（如果只是熱也就罷了……）

漢普爾站在一扇鮮綠色的鐵門前面，一邊抓著衣服捂住自己的鼻子，一邊對身旁那位頭髮灰白，拿著一大串鑰匙的男人抱怨：「好了沒有啊？拜託你趕快打開啦，我站在這裡都快要被臭死了。」

「馬上就找到了，等一下。」

男人也苦著一張臉，語氣不耐地回答道。

「我們剛才走過來的時候，你就可以先把鑰匙找好了，偏偏要走到門口的時候再開始翻。真是的，還說人類的腦筋比較活……」

漢普爾一邊露出受不了的表情退到一旁，一邊自言自語地道出這句乍聽之下有些奇怪的話。

事實上，漢普爾並不是人類，而是一隻全身佈滿雪白軟毛並搭配著整齊的粗獷黑紋，屁股上還有條尾巴晃來晃去的虎獸人——也就是身材像人類，外型卻跟動物一樣的生物。順帶一提，以這個世界的人類眼光來看，獸人就跟自己一樣的普通，只不過他們的力氣比較大，又多了點動物的能力和特徵而已。

「有了有了，就是這隻，總算可以打開了……唉喲！」

男人才剛打開門，立刻就被兩件事情嚇得連連後退：一個是屋內傳來的刺耳警報聲，另一個則是比原先還要更加濃烈的嗆鼻氣味。

「搞什麼鬼啊？裡面到底是弄什麼東西那麼臭？」

兩人走進屋子裡四處搜尋，想要找出那股臭味的來源。漢普爾聽見有種嗚嗚的聲響摻雜在警報聲裡，便順著聲音走過去查看。當他踏進浴室時，馬上就明白氣味是從什麼地方傳出來的，也看到了他有生以來所見過最恐怖的東西。

「哇！」

漢普爾嚇得大聲吼叫，全身的虎毛和尾巴也跟著豎了起來。男人聽到漢普爾的慘叫聲，立刻跑過來查看，接著也發出了驚叫。

不到一坪大的浴室裡面，倒臥了一具全身赤裸的豹獸人屍體。屍體不但已經開始腐爛發臭，而且還爬滿了黑色的蒼蠅和白色的蛆。至於嗚嗚作響的來源，則是屍體右手所抓著的紅色吹風機。吹風機在死者倒下後還一直持續運作著，結果把接觸到風口的大腿肌肉和毛髮全都烤熟了。

2

「因為擔心犯行被發現，有些嫌犯會在案發現場做出多餘的舉動，像是把預定要在某時間丟掉的物品提前丟掉，或是將沒有必要清理的東西清潔乾淨，因為那樣東西曾經被嫌犯摸過……哎呀，錯了。」

海德爾發出「嘖」的一聲，將手中的筆桿翻過來，用後端的橡皮部分用力將藍色的墨水字跡擦掉，然後再填上新的內容。

寫完最後一個字後，海德爾放下筆，扭動幾下他的狼脖子，用力朝天空伸了個懶腰。然後用雙手輕輕按摩閉上的眼睛，讓早已疲憊的身體稍作休息。

剛剛他才上完一堂極為重要的講習課程，還在講義上面寫了許多摘要筆記。雖然這個課程在結束後並不會進行考試，不過海德爾也不打算用含含糊糊的方式混過關，除了因為本身有學習意願外，另一個原因則是與他的工作有關。

海德爾是約克巡守騎警隊的一員，階級是巡守長。而他現在所參與的這項重要課程，則是專門對警務人員舉辦的進修講習，叫做「連續殺人研討會」。顧名思義，這個課程會針對各種連續殺人事件進行案件分析，然後說明當時所使用的採證方式、偵察方向以及破案關鍵。

儘管可以提升自己的辦案能力，而且這隻狼人本身也不排斥這類課程，不過這次的講習卻不是他自願報名參加的。海德爾到現在都還記得，當他聽到這件事情時，心裡冒出了多大的疑問。

「派我去參加講習？」

海德爾站在中隊長的辦公桌前，重複了一次剛才聽到的話。

雖然他在巡守隊裡任職這麼久，知道問長官問題的時候通常都得不到答案，不過他還是忍不住提出疑問：「總隊裡應該有更多人比我需要上這門課吧，為什麼會特別指定我呢？」

「上次你立了大功，大隊長很高興地說要找個機會獎勵你，剛好現在八龍城要舉辦進修課程，約克的名額又只限一個人，所以就決定派你去了。」

看狼人的表情似乎有些不悅，中隊長疑惑地反問道：「怎麼？這可是求之不得的好事耶。以前每次遇到這種機會的時候，各分隊都有一大堆人搶著想報名，現在大隊長直接點名讓你去，難道你還覺得不滿意嗎？」

「沒有，謝謝長官。」

雖然進修期間只有短短一個禮拜，但是事前的準備卻相當麻煩。由於約克市和八龍城身處兩個不同的國家，因此他不但要先去辦理護照和簽證等相關文件，還得坐十個小時的飛機才能到達。而且當講習課程結束後，海德爾還必須向總隊提出一份學習報告，除了證明自己並不是去打混摸魚外，另一個用處是讓總隊拿去當作參考，好讓他們確認隊上的作業程序是不是有需要改善的地方。

海德爾拉拉自己的衣領，儘管他那身湛藍短毛和休閒服的顏色十分相襯，不過他還是比較習慣穿平常那套巡守隊制服。

「嘿、嘿、嘿。」

坐在海德爾旁邊的黃毛虎獸人對他揮了揮手，然後湊上前來對他說道：「你是哪個分隊的啊？我以前怎麼都沒見過你？」

「我是從約克過來的。」

海德爾簡略地回答。

「喔，我聽說約克這次只派一位巡守長到這裡來進修，原來就是你啊。」

虎獸人露出恍然大悟的表情，接著又指著自己說：「我是八龍治安隊東城分隊的分隊長，跟你的階級是一樣的，我叫托魯塔，請多指教。」

「你好，我是海德爾。」

海德爾也點頭回應。

「我聽說你們之前連破了好幾件案子，還被報紙登了好大一篇，是這樣子沒錯吧？」

「是這樣沒錯。」

「呵，不過我們的表現也不差，之前八龍這邊也破了一件連續殺人案，而且還是我那個分隊破的喔！雖然是有點運氣成分在裡面啦，不過破案這種事情本來就有很大的一部分是要靠運氣，你說對吧？」

托魯塔露出自豪的表情，像是在說自己的成績並未落於人後。

「的確是有一些運氣的成分在裡面，不過我倒是認為，就算辦案的時候運氣差了點，只要調查工作進行得夠確實，每件案子都一定有辦法破案，只是時間可能會拖得比較長而已。」

聽了這話，托魯塔「嗤」地一聲笑了出來。

「你的想法也太樂觀了吧，如果真的是這樣的話，為什麼世界上還有那麼多的懸案等著我們去辦？」

「因為不一定能找得到證據啊，就算知道真相是什麼，如果沒有足以佐證的證據的話，我們也不能逮捕嫌犯或宣佈破案吧？」

「也對。」

托魯塔原先似乎還想說些什麼，卻瞥見教官正走進教室裡準備上課，只好先跟海德爾說：「等一下再繼續聊。」然後轉身回到座位上。

教官是個頭上光溜溜，身上也沒長幾根毛的黑皮膚龍獸人，他一邊發下事先印好的講義，一邊對學生們說：「我們接下來要探討的，是不久之前才發生過的連續殺人事件，相信大家也都記憶猶新。如果是從外地來或者是不清楚這個案子的同仁，就請先看看你們拿到的講義，了解一下當時的案情以及經過。」

「嘿！嘿！」

托魯塔對海德爾噓了幾聲，指著講義小聲說：「你看，這就是我剛才跟你說的那個案子，怎麼樣，我們的報告寫的不錯吧。」

狼人朝他望了一眼，然後低下頭看著手上的講義。

根據講義上記載，八龍城的東區在兩個月前，陸續發生了三起殺人棄屍案。三名被害者分別在四月八號（星期三）、二十一號（星期二）以及五月七號（星期四）的時候，遭到歹徒洗劫財物並徒手勒斃。歹徒還將他們的屍體帶到十樓以上的高處，然後丟到樓下的巷弄之中。由於三起事件的手法一致，而且治安隊也沒有將屍體從天而降的消息向媒體公佈，因此可以認定這是連續殺人事件。

當第一名死者被發現的時候，治安隊曾一度朝著感情與財務糾紛的方向進行偵辦，並將這位被害者唯一的一位鳥族友人——也就是被害者的前男友——列為主要嫌疑犯。因為有目擊者指出，他在聽見屍體落地所發出的巨響時，看到一個很像嫌犯的鳥獸人匆匆忙忙地飛離現場，而且這位友人不久前才剛跟被害者因感情問題而分手，同時也沒有案發時的不在場證明。直到後來發生第二起案件，治安隊才排除了他的嫌疑——因為那時候他正以嫌犯的身分被治安隊拘留，而且他跟其他兩位被害者之間並沒有任何關聯。

經過進一步調查後，治安隊發現三名被害者雖然互不相識，卻都是同一家牛郎店的常客。這家牛郎店的店名叫做「猛牛」，是東區規模最大的牛郎店。雖然牛郎店在一般人眼裡不算是什麼正當場所，但因為八龍城有設定特種行業可以經營的區域，因此營業和消費都沒有觸法的問題。而這三起命案的真正凶手，正是這家店裡一位名叫「葛里摩斯」的牛郎。

葛里摩斯的種族是豹獸人，平日住在店家提供的員工宿舍裡，因為時常缺錢花用，所以就把腦筋動到來店裡消費的客人身上。基本來說，會進牛郎店的人通常經濟狀況都還不錯，而且很少會讓別人知道這種事情。他覺得治安隊應該查不出自己跟被害者之間的關連，就大膽地利用自己的身分去向被害者打聽資料，然後再下手犯案。

這個案件之所以會被偵破，是因為五月十一號到十三號這段期間當中，葛里摩斯在家裡洗澡的時候，被漏電的吹風機給電死了。由於這家店的排班方式比較特別，因此沒有人發現他連著幾天都沒來上班，直到屍體過了四、五天之後發出強烈的屍臭味，才被同樣住在員工宿舍的同事以及管理員發現。

治安隊在進行現場勘驗時，意外從葛里摩斯的電腦裡發現下起事件的犯罪計畫書，因而得知他就是這起連續殺人案的真凶。事實上，這件案子只不過是單純的強盜殺人案而已，凶手為了加深案情的複雜程度，所以特地把屍體搬到大樓屋頂再往下丟棄，以便擾亂搜查方向。

為了慎重起見，治安隊清查了葛里摩斯在店裡的上班紀錄，結果發現他在案發那三天都沒有去上班。而且他的朋友也向治安隊員指證，說葛里摩斯原本每個月都會向他借錢去繳信用卡費，但從案發那個月開始就沒有再向他借過錢，手頭卻還是一樣很寬裕。此外，從他的皮夾當中，也找到沾有被害者指紋的鈔票，這樣就完全證實了他的凶手身分。

講義上所寫的案件經過就只有這些，後面則是案發現場與證物的照片。不過也許是因為篇幅不夠的關係，案發現場這一欄只放了凶手與三位被害者的陳屍照片而已。

（奇怪？這個……）

海德爾將所有的資料看過一遍以後，心裡突然浮現某種奇怪的感覺。就在這個時候，黑龍教官的說明也剛好告一段落，還問大家有沒有什麼問題，於是海德爾便舉手發問：「請問葛里摩斯每次得手的金額大約有多少？」

「呃……因為那些被害者在遇害的當天，都有預定要去存錢或是交付生意上的款項，所以金額大約有十幾萬左右。」

教官低頭看了一下資料後說道。

「那些贓款都有在他家裡找到嗎？」

「只找到三、四千塊左右，存款也只剩下一萬多塊，大概全被他花光了。」

「除了朋友以外，他有沒有向地下錢莊或銀行借錢？」

「地下錢莊是沒有，不過他跟好幾家銀行申請了信用卡，還欠了十幾萬的卡費沒有繳。」

「這十幾萬是所有的卡費加在一起的積欠總額嗎？」

「對，所有卡費加在一起，光是他死掉的那個月就欠了這麼多。」

教官似乎認為回答這些問題是在浪費時間，便意有所指地對他說：「這位同仁好像對這件案子很有興趣，不過我們現在要討論的是從命案之間的共同點去找出凶手的方法，所以細節的部分可以不必追究那麼多。」

「離題的部分我很抱歉，因為有的地方讓我覺得很奇怪，所以才會請問教官那些問題。」

「有地方很奇怪？」

教官臉上露出不悅的神情，他皺起眉頭，朝桌上的講義瞄了一眼後問：「怎麼說？」

「根據講義上的描述，葛里摩斯是因為缺錢才會犯下這些案件。但是他並沒有窮困到難以生活的程度，欠的也只不過是沒有急迫性質的卡債而已。即使一個月就累積了十幾萬元的債務，也不至於到要逼人犯案的程度吧?尤其他又在特種行業上班，十幾萬對他而言可能並不算很多，為什麼他要去當強盜？」

「那是因為你沒把這件案子弄清楚，他是先把自己的薪水花光，然後又欠下十幾萬的卡債，而且是每個月都會像這樣子欠，這樣的理由夠充分了吧。」

「但是他的朋友不是每個月都會借錢給他嗎，既然有人願意幫忙，為什麼他還要做出這種事情？」

「大概是因為他覺得不好意思再繼續向朋友借錢，所以才會這麼做，畢竟他每個月都要借十幾萬呢。」

「如果真的是這樣，那他得手後第一件要做的事情，應該是先把自己的債務處理掉，這樣才不用再繼續向他的朋友借錢。」

海德爾稍微點一下頭，繼續說出他的看法：「但是，葛里摩斯在第三起案件發生之後，不到一個星期就死了。他的屋子裡沒留下多少現金，銀行裡也沒多少積蓄，這就有點不可思議了。既然他不想再繼續向朋友借錢，那他應該會先把足以繳費的一部分贓款預留下來才對。現在債務都還沒還清，那些錢就已經被他花個精光，這樣似乎不太合理。」

「哪有什麼不合理？他都已經在進行下一次的計畫了，當然是打算等到下次得手的時候再來還啊。」

教官的耐心似乎已經被耗光了，他先是很不高興地發出低沉的吼聲，接著開口對海德爾說：「好啦，我看就這樣吧，你……是哪個單位派過來的？」

雖然海德爾突然有種不太好的預感，但他還是照實回答：「我是從約克巡守隊過來的。」

「哦，約克巡守隊啊……」

教官突然點了點頭，像是明白什麼似地接下去說：「好，既然你對這案子這麼有興趣，那從今天開始到講習結束的這一段時間內，我要你提出一份關於這件案子的完整報告。你必須說出這個案子到底什麼地方有問題，而且還得替它們找出解答，不能有任何不清楚或不明白的地方。同時還得附上相關證據，以證明你的答案並不是隨口亂猜。

此外，為了避免你隨便弄些現成的資料就來交差，我不准你向任何單位借閱這件案子的相關資料或記錄來看，而且當你把報告交出來的時候，還要上台對所有同學進行說明，聽見沒有？」

「是，教官。」

海德爾面無表情地點一下頭。

「很好，如果到時候你交不出報告，那就代表你剛才只是沒事找事，根本無心學習。我會發一份公文到約克去，跟你們大隊長報告說你在上課的時候態度不佳，還盡問一些跟課程內容無關的事情，擾亂大家的上課進度。至於其他人，我們現在先休息十分鐘，等一下上課再回來看下個案子。」

教官也面無表情地丟下這句話，接著轉身走出教室。

3

「喂！你在搞什麼鬼啊？這下你慘了啦。」

黑龍教官的前腳才剛走，托魯塔就從後面拍著海德爾的肩膀說：「那個黑龍是我的直屬長官，也是幫我審核這份調查報告的人。你現在說這案子很奇怪，不就等於是說他看過的東西有問題了嗎？而且你也很不給我面子耶，我都已經跟你說這報告是我們單位的人寫的，有問題就問我嘛，還當著大家的面前說，你這不是讓我下不了台嗎？」

「不好意思啊，我只是覺得這上面寫的案情有些不太對勁，剛好教官又問說有沒有問題，所以我就直接問了。」

看對方一副氣急敗壞的模樣，海德爾也感到有些過意不去。

「拜託你不要多管閒事好不好，這案子都已經破了，嫌犯也已經死了，就算有某些部分不合常理又怎麼樣？當作沒看到就好了。」

「怎麼可以當作沒看到？偵辦案件的第一要務，不就是要把每個問題都弄得清清楚楚的嗎？而且有問題的部分還不只剛才那些，你看。」

海德爾翻開手上的講義，指著其中一段文字說：「這上面不是說兇手在案發當天都沒有去上班嗎？這個地方也很奇怪。」

「這又有什麼好奇怪的？就是因為他那一天要作案，所以才沒有去上班啊。」

托魯塔低頭看著那段文字回答。

「一般的工作或許是這樣，可是他現在是在牛郎店上班。雖然我不清楚這一行的工作性質，不過就我所知，牛郎的收入應該大部分都是來自於客人，而且每天的收入都不少吧？就算他想要搶劫，也沒必要把自己一整天的正職收入都放棄掉啊，他不就是因為缺錢才去犯案的嗎？如果他真的這麼想要錢，應該會採取先作案再去上班，或是上完班以後再去作案的模式才對。」

「說不定是他覺得自己作案後的情緒有些不太平穩，所以要休息一整天來恢復正常。要不然，也可能是他想把作案時間弄得有彈性一點，這樣才能確保下手時不會有意外發生。」

「能夠事先寫下犯罪計畫、連續殺害三個人的兇手，會擔心自己的情緒不穩定嗎？而且他都已經探聽出被害者的資料了，想必也已經摸清對方的作息，哪有必要空出這麼多彈性時間？

還有，兇手為什麼要特地把屍體搬到十樓往下丟？如果只是想要擾亂搜查方向的話，不是有很多更輕鬆的方法能夠選擇嗎？比如說，他可以在屍體上面刻個特別的記號，或是把死者的衣服全部脫光，這樣不是簡單得多？」

「這……」

托魯塔遲疑了一下，顯然也覺得海德爾的話確實有點道理，不過他看起來還是有些不太服氣。

「就算你說的沒錯，那也不能代表什麼，又不是每個人都會想那麼多。說不定他就是喜歡把一整天的時間都空出來，也可能是他覺得那一天搶來的錢已經比薪水還要多太多了，就不想上那麼多班。

還有丟屍體的做法也是一樣，他又不是職業殺手，怎麼可能會去考慮哪種方法比較好？或許是他當時只想到這種辦法，然後又覺得效果好像還不錯，所以就決定這麼做了。」

「我當然不敢否定這種可能性，不過那麼多奇怪的跡象湊在一起，實在很難讓人不多做一些聯想。要是不把這些事情弄清楚，我心裡會覺得不舒服。」

「你現在搞得大家都不舒服了啦！而且你看，教官還不准你調資料耶——他現在一定是出去打電話通知其他人了，這樣你要怎麼做報告？」

「嗯……這倒是沒什麼關係，反正我一向都是親自跑現場。而且要調查的地方也不多，時間應該還算充裕。」

「執法人員不能在別的國家辦案吧？」

「好像不是，我記得只是沒有公開搜查跟逮捕犯人的權力而已，私下調查就不在此限。」

「真是敗給你了，我看教官叫你去做報告，反而還稱了你的心意。」

托魯塔搖搖頭嘆了口氣，接著對海德爾說：「好吧，反正我也很好奇約克巡守隊的辦案方式。下課後我陪你一起去調查，這樣很夠意思吧？」
「真的嗎？那我就先謝謝你了。我還在擔心不認識路該怎麼辦呢，這下可以放心了。」
海德爾露出高興的表情，尾巴也大幅度地左右甩動。
「你只擔心迷路，都不擔心報告交不出來的啊？看你這麼有自信，應該是已經對調查方向有一些頭緒了吧。怎麼樣，就當作是交換條件，能不能趁現在跟我透露一下？」
托魯塔眨眨眼睛向他問道。
「這個……我本來想等調查清楚之後再來說明，不過既然你都問了，先告訴你也沒關係。」
海德爾朝周圍看了一眼，接著壓低聲音，說出他的想法。
「我認為，這個案件的犯人應該是其他人才對。別的部分先不提，如果按照講義上的內容來看的話，先前那些問題確實很難得到合理的解釋；但如果是以這個假設去做推斷，那就全都能說得通了。」
「什麼？你是這樣想的啊？」
托魯塔露出驚訝不已的神情，一雙老虎眼睛瞪得比原來還要大上一倍。
「等等，等等，讓我再弄清楚一點……你的意思是說，其實葛里摩斯並不是凶手，而是有人殺了他之後，再把證據栽贓到他家裡，好讓他去背這個罪名，是這個樣子沒錯吧？」
「沒錯。」
一聽到對方說出這段話，海德爾立刻反射性地抽動一下尾巴，他沒想到托魯塔居然這麼快就能理解自己的想法。

「搞了半天，原來你一直都是這樣想的，難怪會問些奇怪的事情。」

托魯塔搔搔他那對毛茸茸的耳朵，有些傷腦筋地向海德爾表示：「你以為我沒考慮過這種可能性嗎？就是因為我們已經朝這方面進行過調查，並且判斷它不可能成立，所以才會宣佈破案。」

「為什麼不可能成立？凶手故佈疑陣，讓被害者看起來像是死於意外，或是把證據栽贓到別人家裡，這些作法不是都很常見嗎？」

海德爾反問道。

「但是葛里摩斯確實是意外身亡的，這點不管從現場狀況還是驗屍報告來看都一樣。而且我們把整間房子全都仔細搜了一遍，發現葛里摩斯家裡的窗戶全都裝了鐵窗，大門也牢牢上著鎖，還從屋子內部設定了警報器。要是有誰在看到這種情況後，還認為他是被人栽贓的話，那才真的叫奇怪。」

「你是說，現場呈現密室狀態？」

「也可以這麼說啦，總之，外人不可能跑進去栽贓給他。」

「我知道了，謝謝你的提醒。」

海德爾一邊消化著剛剛得到的新資訊，一邊點點頭表示謝意。

4

晚上七點，海德爾和托魯塔各自吃了一個飯盒當作晚餐，接著一同搭上托魯塔的摩托車前往

「猛牛」進行調查。

「啊！隊、隊長……」

下了車以後，他們還沒走到店門口，一位犬獸人正好從裡面出來跟他們打了個照面。他一看到托魯塔，立刻露出驚慌失措的樣子。

「啊哈，被我當場抓到了喔，居然跑到這種地方來，是不是想兼差啊？」

托魯塔挑起一邊眉毛說。

「沒、沒有啦，我朋友在這裡上班，我是來找他的……」

「真的嗎？嗯……好吧，暫時先相信你，沒事的話就趕快回去了。」

「是，謝謝隊長。」

「治安隊員應該不能來這種地方吧？」

看著犬獸人急忙離去的背影，海德爾忍不住好奇地問。

「規定上當然不行，不過就算刻意去禁止，他們還是會偷偷跑過來，所以我也只能叫他們自己注意一點，別搞出什麼奇怪的問題。」

「奇怪的問題是指什麼？」

「像是跟其他客人起爭執，玩完以後不給錢，甚至還有人拿偵辦中的案件和未公開消息出來吹噓，結果消息被人家拿去賣給媒體之類的……總之，什麼樣的狀況都有。」

托魯塔有些無奈地說完後，逕自推開門走進店裡。

「不是都已經宣佈破案了嗎？怎麼又要來調查？」

「猛牛」的店長是一個又黑又壯的牛獸人，他一看到托魯塔出示的證件，臉上立刻出現困惑的表情。

海德爾正要開口，托魯塔便搶在他前面對店長說：「因為上面的長官認為這件案子還有些疑點沒弄清楚，所以叫我們再稍微調查一下。不好意思，能不能麻煩你讓我們請教幾個問題，順便確認一下之前查到的資料？」

雖然只是短短兩句話而已，卻讓海德爾發現這隻老虎其實比表面上看來還要精明得多。如果海德爾照實說出原因，可能會讓人認為東區分隊在這件案子的調查上有所疏失。所以他搶先一步說出比較婉轉的內容，這樣就算有人事後詢問二度調查的事情，也不用擔心面子掛不住。

「這倒是沒什麼問題，不過我們退到後面一點的地方好嗎，不然會打擾到之後進來的客人。阿凱，你幫我站一下櫃檯，我有些事情要跟他們說。」

店長叫其他的店員幫忙招呼客人，然後帶海德爾和托魯塔走到角落，開始一一回答他們的問題。

「猛牛」這家店是以二十四小時的全天候方式來經營，一共有四間店面，分別以走路五分鐘的距離，座落在東南西北四個方位。海德爾他們現在的位置是在北方分店，而這也正是葛里摩斯平日上班的工作地點。

由於「猛牛」的員工很多，而且各分店隨時都有可能會需要人力支援，因此店裡的排班與打卡方式都很特別：這家店並沒有替員工排固定班表，而是讓員工自己決定要不要上班。想上班的時候隨時都可以直接到店裡，不想上班的時候，也可以連休一個禮拜，反正大家的工作都一樣，隨時有人可以遞補。

每位員工都有一張自己的感應卡，上班的時候只要先在門外的識別機上感應一下，接著詢問店長自己今天要在哪家分店上班。等到確定工作地點以後，就在該地點的登記簿上簽下自己的名字跟時間，然後就可以開工了。至於下班的時候也是一樣，只要先跟店長報備，隨時都可以下班回家。只不過離開的時候要記得把自己的下班時間寫在登記簿上，也要刷感應卡，不然就不算當天的薪水。

有時候店裡客人太多，店長就可能會請員工再多留一會兒，或是打電話叫沒有上班的員工到店裡來支援。客人少的時候，也可能會叫一些員工先回家。由於店裡採取自由上班制度，薪水自然是以時薪來計算。雖然沒有加班費，不過因為薪水本來就不低，而且通常都有額外的小費，所以也沒有人在乎這一點。

「你們的員工那麼多，上班時間又完全自由，會不會有管理上的問題？要是有人只上幾天班，之後就完全不來了怎麼辦？」

聽完這一連串的簡介後，海德爾率先發問。

「這倒是沒什麼差別，反正沒來上班的人就沒薪水可拿。而且我們每個月都會檢查一次打卡紀錄，如果有誰連續超過一個月沒來上班又沒有先報備，就會直接被開除，以後他也不必來了。」

「但要是有人簽到以後馬上離開，等到下班的時候再簽第二次的話呢？這樣你們看得出來嗎？」

「看得出來啊，櫃檯通常都是由店長來站，每個人一進到店裡，馬上就會被店長指派一個工作區域。只要店長巡視的時候發現某個位置沒有人，立刻就知道誰翹班。」

「可是工作區域也會互相調動吧，有辦法記得了那麼多嗎？」

海德爾露出疑惑的表情。

「我們在櫃檯這裡放了一張平面圖，誰在什麼地方做什麼都有紀錄。不過，因為隨時都有可能會修改，所以是用鉛筆寫的。」

說著，店長把那張用鉛筆寫得密密麻麻的圖拿起來展示。

「這張圖是每天換一張新的，還是會反覆利用到破掉以後才換新？」

海德爾盯著那張圖問。

「隨時都要修改的東西，當然是用到不能用了才換新，不然多浪費紙。」

「這個我之前倒沒聽說呢。」

托魯塔也朝那張平面圖看了幾眼，接著用開玩笑的語氣對海德爾說：「原來這邊還會隨時點名，那不就跟軍隊一樣了嗎？」

「嗯……」

海德爾沒答腔，只是低吟一下後又接著問：「如果有人進來上班，但是既沒打卡也沒有簽到，這種事情有可能發生嗎？」

「這……我不能說完全沒有這種可能性，有時候店裡的生意很忙，大家都急著想要趕快招呼客人，那就有可能會忘記。不過公司為了保護員工的權益，特別規定各店的負責人在每天下班以前，都要先核對一下當天的員工簽名。所以你看我在平面圖的旁邊還有記錄說今天有誰在幾點的時候來上班，等我比對過確認沒有錯誤後，我就會把它們擦掉，再交接給接班的幹部。這樣既不會忘記簽到，也可以防止員工用偷雞摸狗的方式請別人代簽。」

「外面的識別機也會比對嗎？」

「感應卡的資料會直接傳送到人事部，從分店這裡沒辦法檢視或修改。直到每個月結算薪水的時候，他們才會把報表送過來。所以我們平常能檢查的只有簽到簿，到了月底才會進行相互比對。如果這時候發現有誰忘記打卡，我就會直接幫他提出補算工時的申請。」

「既然每天都會檢查簽名，為什麼還需要打卡？」

「這是為了以防萬一，如果簽到簿弄破或弄髒的話，至少還有感應卡的資料可以當作參考依據。而且從打卡紀錄裡的上下班地點，也可以看得出當事人是不是有在某一天到其他分店去進行支援。」

店長聳了聳肩膀回答。

「我知道了。」

海德爾看著店長把平面圖放回櫃檯上，然後又問：「能不能請你描述一下，葛里摩斯平常的表現是什麼樣子?他的個性又如何？」

「如果是以工作表現來看的話，他做得還算不錯，蠻適合幹這一行的。他很會說話，也很會纏著客人，逼他們多掏一些錢出來。

不過他有一個很大的缺點，就是不肯委屈自己去配合別人的行程，而且個性也有一點自私，所以跟其他同事都處得不太好。有一次一位大客戶特別指名說要找他，我叫他到店裡來上班，結果他說什麼都不肯答應。最後我只好騙客人說葛里摩斯去一個趕不回來的地方度假，請他挑店裡面的其他人來陪他喝酒，不然實在沒別的辦法了。」

說完這些事情後，店長搖搖頭嘆了口氣。

「葛里摩斯大概多久休假一次？」

「這個我不太確定，抱歉。因為每個人的休假時間都不一樣，而且這裡的員工又那麼多，所以我不會特別去注意這點。不過我記得他上班的時數很多，在這間店裡是排名前幾的。」

「葛里摩斯真的很缺錢用嗎？」

「其實他不是缺錢，而是用錢的方式太誇張。以前大家在聊天的時候，我就曾經聽他說過，他每個月一定會把賺來的錢全部花掉。因為他覺得反正人生只有這麼一次，而且也不知道什麼時候會發生意外，所以沒必要省錢來虐待自己。

後來他辦了信用卡以後就更誇張了，每個月都把卡刷爆，卻從來沒有留下半毛錢付帳，等到帳單寄來的時候，他才故意纏著別人說自己身上沒錢，拜託他們借錢給自己拿去繳費。我警告過他好幾次了，他還是死性不改，想不到現在居然跑去做強盜，搶的還是店裡的客人，把我們的名聲全毀了。」

「對了。」

海德爾突然想起一件事情，於是轉頭問一旁的托魯塔：「借錢給葛里摩斯的朋友一共有哪些人？今天那份資料裡好像沒有提到。」

「他好像都只跟同一位朋友借錢，我記得那個人叫做瑟雷利亞，跟他一樣在這家店裡當牛郎。你問這個有什麼特別的用意嗎？」

托魯塔用食指搔搔下巴，有些不解地反問道。

「只是有些事情想問問他而已，那麼，發現葛里摩斯死在家裡的那個同事又是誰？也是瑟雷利亞嗎？」

「不是，雖然他也住在員工宿舍沒錯，不過發現的是另外一個人。他的名字叫漢普爾，住在葛里摩斯的隔壁。」

「說到這個，你們的員工宿舍大概是在什麼地方？」

海德爾轉回來問店長。

「從大門這邊出去，沿著馬路走十五分鐘，就會看到一整排的宿舍了。」

店長指著門外某個方向說道。

「十五分鐘啊，那還不算太遠。」

海德爾朝店長所指的方向望過去，接著再度看向托魯塔說：「我想這樣應該差不多了，你有什麼問題要問嗎？」

「我？沒有啊，你忘了我只不過是陪你一起來而已。」

「也對。真不好意思，打擾你這麼久，不過我想再麻煩你兩件事情。」

海德爾對店長點了點頭，然後伸出兩根手指說：「請問瑟雷利亞跟漢普爾今天有來上班嗎？」

「漢普爾今天還沒有來，不過瑟雷利亞在，你要找他問話嗎？」

「對，還有，你們用來簽到的登記簿能不能讓我看一下？」

「沒問題，不過登記簿放在員工更衣室裡面，等一下他過來的時候，我叫他順便幫你們拿。」

海德爾此時心念一轉，趕緊改口對店長說：「欸，等等，我看這樣好了，你可以帶我們去更衣室看看嗎？然後再請他到更衣室那邊來找我們。」

「好的，請跟我來。」

店長揮動黑色的大手，帶領他們前往員工更衣室。

5

更衣室裡面的空間並不算太小，約有四乘四公尺見方。房間中央擺了一張塑膠長凳，長凳側邊還附有插座，上面插著一台白色的大型吹風機。而房間的周圍則放著三、四十個和人一樣高的鐵皮置物櫃，置物櫃整齊地靠著牆壁排列，門上用卡片標示出各個主人的名字。

走進更衣室後，店長招呼海德爾和托魯塔在長凳上坐下，然後指著牆上一個用繩子吊在掛鉤上的資料夾說：「這個就是我們簽到用的登記簿，還有瑟雷利亞馬上就會過來，如果你們還有什麼其他需求的話，都可以叫他幫忙。」

「我知道了，謝謝你的協助，你先去忙你的吧。」

店長一離開更衣室，海德爾便立刻從長凳上站起來，像是發現獵物似地走到登記簿前面。他翻開塑膠外殼，看見裡面夾了一疊密密麻麻的表格。表格看起來像是店家特製的，標題印著北方分店專用簽到表，裡面則用原子筆跟中性筆簽上了各種不同的名字和時間。

「案發的那三天裡，葛里摩斯都沒有在這上面簽名嗎？」

「是啊，就連門口的感應機裡，也都沒有他的簽到紀錄。我們還調查過人事部的電腦，確定資料並沒有被人入侵或修改。」

海德爾往後翻了幾頁，發現登記簿是以一天換一頁的方式來記錄的。而每個人的名字都一格一格的緊貼在一起，完全不留一點空隙。這就代表萬一有誰漏寫又補寫上去的話，只要稍微對照一下前後時間，就能馬上知道那個人是誰了。

海德爾繼續往後翻閱，最後終於找到了案發那三天的上班紀錄。他很仔細地將那幾頁從頭到尾確認過好幾遍，完全沒找到葛里摩斯的名字，也沒看到登記簿上有被修正或塗改過的痕跡。

「怎麼樣?有找到你要的答案嗎，還是又發現了什麼新問題？」

托魯塔把吹風機放到地板，然後四肢攤平地躺在長凳上，看起來像隻慵懶的大貓一樣。語氣間透露出他既沒發現什麼問題，也不認為會有答案。海德爾並不意外，畢竟提出疑問的只有他而已，所以他以平常的語氣回答道：「沒有，所有的一切都非常完美。不但進店裡要打卡加簽到，店長也會隨時點人頭。如果紀錄上寫著葛里摩斯當天沒上班，那他應該就是真的沒有出現了……」

「所以唯一的可能性就是，那些時候他正在犯案，根本沒有來上班，因此想打卡也打不了，對吧？」

托魯塔替他把接下來的話說完。

「話是這麼說沒錯，不過也要這個紀錄沒有被人修改過才算數。」

海德爾撇了撇嘴說道。

「改？怎麼改？難道上面有被立可白塗過的痕跡嗎？況且，你剛才不也聽到店長說過，他會每天比對本子上的簽名，這就表示紀錄的正確性是沒問題的。如果葛里摩斯不是凶手，怎麼會這麼湊巧地在案發當天都沒來上班？還是你要告訴我說他其實有來，只是那三天他都忘記簽到？就算真是如此，店長也不可能會剛好都沒檢查出來吧？」

托魯塔一聽到海德爾的說法，立刻從長凳上翻身坐起。

「這很難講，說不定……」

更衣室的門突然在這個時候被一隻棕熊獸人打開，他一看到房間裡的狼人和虎人，便問：

「你們是治安隊的嗎？說有事情要找我？」

「對，你是瑟雷利亞嗎？」

看見對方點頭後，海德爾直接說明來意：「你不用緊張，我們只是想將之前那件案子的調查結果做一份詳細整理，所以有幾個問題需要和你確認一下。可能會耽誤你一點時間，不過我想不會太久。」

「沒關係，反正我也正好打算要下班了，有什麼問題你就問吧。」

瑟雷利亞邊說邊走進房間，先從置物櫃裡拿出筆在登記簿上簽名，接著在托魯塔所坐的長凳另一頭坐下。

「哇塞，原來當牛郎這麼辛苦，還會弄得全身都是汗啊。」

托魯塔一邊說出他的感想，一邊下意識的摸摸鼻子。

「抱歉，我剛剛才在台上跳完舞。本來想先到隔壁的淋浴間去沖一下，不過想想還是不要讓你們等太久。」

瑟雷利亞稍微順了一下滿是汗水的毛皮，略帶歉意的說道。

「謝謝你願意配合，我們只想問一些問題而已，不會耽擱你太多時間的。」

海德爾禮貌地向熊人客套了幾句，隨後開始切入正題。

「首先我想請教的是，你和葛里摩斯在這家店裡工作了多久？」

「我和他幾乎是同時進這家店的，已經做了兩年多了。」

「你們一個月的平均薪水大概可以拿多少？我是說，如果把客人給的錢也算進去的話。」

「平均……大概有十五萬吧，就算少上幾天班，應該也不會低於十萬塊。」

「十五萬？如果每個月都能賺這麼多錢，為什麼你和葛里摩斯還要住在員工宿舍？八龍城的房租應該沒有這麼貴吧。」

話雖如此，海德爾對於房屋價格其實也沒什麼概念。不過，雖然他連自家附近的房租是多少都搞不清楚，但至少還知道十五萬可以租很貴的房子。

「我是想多存點錢，葛里摩斯我就不清楚了。」

「該不會是因為他把錢都花光了，所以只好住在員工宿舍裡面吧？我記得住在員工宿舍不是不用錢嗎？」

托魯塔插嘴說道。

「不，還是要付一些水電瓦斯以及住宿費，不過跟外面比起來便宜很多，而且費用會直接從薪水裡扣，所以不必擔心沒錢繳費。」

「我聽說葛里摩斯都只跟你一個人借錢而已，真的是這樣嗎？」

海德爾接在托魯塔的後面問。

「是啊，因為他在八龍城裡沒有任何親朋好友，只有跟我的交情最好，所以他每個月的信用卡費付不出來的時候，都是向我借錢去還的。」

「那他有把錢還給你嗎？」

「沒有，不過也沒什麼關係，反正是好朋友嘛。」

（有這種朋友還真倒楣。）

海德爾一邊想著這隻大棕熊還真是好說話，一邊道出下個問題：「既然你們的關係這麼好，應該也很了解彼此的作息吧？你能不能在所知範圍內，說明一下他一整天的固定作息？」

「他早上通常都八點多起床，稍微弄一弄之後就跑過來按我家的電鈴，和我一起到外面去吃早餐然後上班，再來我就不清楚了，因為到店裡以後我們就會分頭去做自己的事，下班的時間也不太一樣。不過基本上，我們都是做到晚上八點鐘以後才下班。」

瑟雷利亞抬起頭，一邊想一邊說著。

「他大概多久休假一次？」

「這個也和我一樣，通常都是星期六和星期天。」

「喔？想不到你和他上班的時間居然一樣？這倒有意思。」

海德爾想起剛才那幾頁確實都有瑟雷利亞的名字，於是又問：「可是，他犯案的那幾天都沒有去上班，難道你都不覺得奇怪嗎？」

「不會啊。因為他偶爾也會跟其他人一樣，突然想放自己一天假。所以我只要早上起來沒見到他的影子，就可以準備自己一個人出門了。這種情形每個月都會出現一、兩次，所以我也沒有特別注意。」

海德爾朝托魯塔投以詢問的目光，見他點頭表示事情確實如此後，才轉回來繼續說道：「如果今天反過來，是你臨時有事情而沒辦法上班的話，他會堅持要你放下手邊的事情，陪他一起去工作嗎？還是像你一樣，自己去上班？」

「我有事情的話會提前告訴他，他知道以後就會自己去上班。不過這種情形其實很少見，我也只在五個月前臨時休過一天假而已。」

「你們平常休假的時候有什麼互動嗎？有去過對方的家嗎？」

「當然有啊，我們會互相到對方家裡去喝酒聊天。不過大部分的時候，都是他邀我一起出去逛街買東西，還有到高級餐廳去大吃一頓，但我通常都會拒絕，因為我想在放假的時候好好休息。而且每次看到他花掉那麼多錢，我也會覺得很難過。再怎麼說也是辛辛苦苦賺回來的血汗錢嘛，這工作又不能做一輩子，總要趁著有機會的時候多留些錢，為將來做點打算。」

「的確，做這種工作也算是付出很大的犧牲呢。」

海德爾先是頗為贊同地點點頭，然後又把話題拉回來。

「每當葛里摩斯要繳他的信用卡費的時候，都會拖欠好幾個月才繳錢嗎？」
「不，他還錢的時候都很準時，每次都在繳款日的第一天去付。」
（是因為卡片的額度已經用光了，不繳錢就不能繼續刷的關係吧。）
海德爾一邊默默揣測著對方的心態，一邊繼續問道：「除了信用卡以外，葛里摩斯還有沒有在其他地方欠過錢？他曾經向你表示過經濟狀況有困難嗎？」
「沒有，雖然他花錢花得兇，但也還算有所節制，頂多就是每個月把好幾張信用卡的額度全部用光而已，我從來沒聽他說過有在外面欠人家錢。」
（是嗎？這麼說來果然……）
聽到對方的回答後，一股振奮的感覺頓時充滿海德爾全身。
「每個月都用掉好幾張信用卡還能算是節制？我們還真不是活在同一個世界的人啊。」
托魯塔聽到這裡忍不住笑了出來，海德爾沒有表現出自己的感想，只是朝他望了一眼，然後對瑟雷利亞說：「那麼，最後我想向你請教一下。依你這兩年來對葛里摩斯的認識，你認為這個案件的凶手真的是他嗎？」
「這個……我當然也不願意相信，可是你們都已經在他家裡發現贓款跟下一次的犯案計畫了，我想不信也不行吧。」
看到瑟雷利亞垂下耳朵的模樣，海德爾也點點頭說：「我明白了，我想問到這裡應該就可以了。你先去忙你的吧，謝謝你的幫忙。」
「你就問他這麼幾個問題而已，這樣真的行嗎？雖然你這些問題跟我們當初問的不太一樣，不過好像都不是什麼重要的事情，你做報告的時候真的會用到這些證詞嗎？還是我先回去，看能不能偷偷找一些資料給你？」

瑟雷利亞離開後，托魯塔的態度也變得比剛才還要正經許多。他不但用尾巴在長凳上敲了又敲，語氣也顯得有些擔憂。

「謝謝你的好意，不過我想還是不要給你們添麻煩了。其實剛才問到的東西還蠻多的，至少到目前為止都還沒有偏離我的假設。」

說著，海德爾突然想起了一件事情。

「對了，之前在教室裡面的時候，因為教官突然表現得很不高興，所以我還少問了他一個問題：從你們查出被害者常來這裡光顧的那天算起，到葛里摩斯意外身亡的這段期間裡，大約間隔了多少天？」

「這個嘛……」

托魯塔先是遲疑了好一會兒，接著才用尷尬的語氣回答：「老實說，是葛里摩斯的凶手身分曝光後，我們才發覺這件事情的。」

「是嗎？」

海德爾沒有問他為什麼這個答案與講義內容不符，只是挑了一下眉毛後，接著問道：「所以說，你們還沒有開始對牛郎店進行調查，案子就已經破了？」

「對啊，所以我才說有運氣的成分在裡面嘛。」

看海德爾表現出若無其事的模樣，托魯塔顯然鬆了一口氣，然後同樣以若無其事的態度把話題給岔開：「對了，在瑟雷利亞突然闖進來之前，你本來想跟我說什麼？」

「我想說的是，凶手說不定有使用某些特別的詭計，讓他可以在不用塗改的情況下，把原本的紀錄給修掉；甚至也有可能是葛里摩斯根本沒簽到，只是凶手讓他以為自己有簽名，而那個方法也能夠同時躲過店長的檢查，所以我們才會找不到修改過的痕跡——因為上面本來就沒有任何紀錄。」

托魯塔先是瞪大眼睛，接著搖搖頭苦笑著說：「真是講不過你，不過，你的說法雖然很有趣，但是這種事情聽起來就不太可能辦得到，你覺得真的會有那種詭計嗎？」

「我也不知道，不過我想親自確認一下。如果真有什麼詭計，或許紀錄上會留下某些玄機也說不定。」

海德爾邊說邊看向吊在門邊的登記簿。

「你想把登記簿借回去？」

「是啊，不過我不需要整本都借，只要案發那幾天的就可以了。」

海德爾拍拍口袋，接著皺起眉頭說：「唉，我沒有手套和證物袋，你能不能借我幾個？還有你們這邊的證物保管程序是怎麼做的？雖然可能是白費力氣，不過我想盡量照著規矩來做。」

「你臨時跟我要，我也沒辦法生出來啊。不然這樣啦，我看今天我們就先弄到這裡，明天我再幫你借那些裝備，晚一天再調查應該無所謂吧？」

雖然海德爾很想請對方現在就去把東西拿來，不過他再仔細一想，覺得今天早點休息也好，這樣他可以多利用一點時間來進行思考，於是便點點頭說：「沒問題，那明天也一樣要麻煩你了。」

6

第二天晚上七點半，海德爾跟托魯塔先去吃了一點簡單的晚餐，然後再度前往「猛牛」的北方分店。他們先跟店長借了葛里摩斯的房間鑰匙以及登記簿，同時詢問漢普爾是否在店裡之後，便到員工宿舍裡進行下一步調查。

「猛牛」的員工宿舍是一個佔地規模頗大的社區，四周不但有三公尺高的圍牆與大門管理員，還按照分店的方向將居住區域劃分成四個等塊。每塊區域都有二十棟由鋼筋水泥所建造，外觀宛如白色方塊的獨立小套房，套房旁邊還立了兩根用來架曬衣竿的柱子。所有套房均以每排五間、前後間距各十公尺的方式排列著，看起來十分整齊劃一。

雖然天色已經完全變暗，不過每間房子的門口兩側都各有一盞裝飾燈，因此完全不會有看不到路的隱憂。

漢普爾的房子是在北區第三排的最後一間，而葛里摩斯的房子則是第四排最後一間。海德爾剛才已經向店長確認過漢普爾今天並沒有上班，因此直接走到他家門前去按電鈴。

「誰啊？」

電鈴響起後，屋裡立刻出現回應。

「你好，我們是治安隊的人，有幾個問題想要跟你請教一下。」

門上的窺視孔先是突然暗了一下，接著門便打開了。

只穿一條四角內褲的漢普爾站在門口，滿臉疑惑地上下打量著訪客。看到前來應門的白虎獸人穿著黃色的虎紋內褲，托魯塔差點笑出聲來，所幸他及時把臉繃住才沒有發出聲音。

漢普爾對於自己衣衫不整的模樣一點都不在意，也不排斥兩人問他問題。不過他也向海德爾事先聲明說，因為時間已經過得有點久了，所以某些細節他可能會想不起來。

「沒關係，只要照你記得的告訴我們就好。」

海德爾先向他表明了自己的想法，接著開始詢問案情。

「我想先了解一下，你平常都多久休假一次？會選在固定日子嗎？」

「不一定耶，我是幾乎每天都上班，有時候覺得累了才休息。」

「那上班時間呢？你每天的上班時間是幾點？」

「這個部分也是不固定的，不過我通常都是上夜班，至少要晚上七點以後才會到店裡面去。」

「你平常和葛里摩斯有往來嗎？」

「沒有，雖然我們在店裡面是會偶爾講上幾句話，不過下班以後就沒有任何往來了。」

「你跟他住這麼近，也完全沒有任何互動？」

海德爾有些訝異地問。

「沒有，他……老實說，我不喜歡葛里摩斯這個人。因為他每次都把自己身上的錢花個精光，然後再來叫別人幫他付。等到別人要他還錢的時候，又死拖活拉的不肯給，所以現在已經沒有人會再借錢給他了。只有那一、兩個禁不起他一再硬拗的倒楣鬼，才有可能會乖乖的把錢掏出來。」

即使沒指名道姓，海德爾也知道那個倒楣鬼是瑟雷利亞，看來葛里摩斯的個性比想像中還要差勁。

「這麼說來，發現屍體的那一天，也是你第一次進到他家裡面嘍？」

海德爾進一步追問。

「那當然，我跟他又沒什麼交情，怎麼可能會去他家。」

「我知道了，接下來請你描述一下發現屍體的經過。如果可以的話，麻煩內容越詳細越好。」

「嗯……那天大概是中午的十一、二點吧，我一醒來就聞到了一股氣味。本來想說不理它，可是實在是臭得讓我受不了，所以我就走到外面去查看，繞了半天以後才發現那個味道是從隔壁屋子裡傳出來的。

我在他家門口按了幾下電鈴，結果裡面沒有人回應，而且門也打不開，所以我就去找管理員反應，請他看看裡面到底在弄什麼。沒想到裡面的人不但把門上了鎖，而且還設定警報器，害我們打開門的時候嚇一大跳。」

「等等，你確定是那間屋子的警報器在響嗎？有沒有可能是別人家的警報器也正好在那時候被啟動？」

「當然確定，我進門的時候順便看了一下，發現警報器正在閃閃發光。」

「這樣啊。」

海德爾一邊點著頭，一邊用手指不停搔弄著額頭上的一小撮狼毛。
「然後呢？你們就直接進到屋子裡？」
「喔，對啊，我們打開門就直接進去了。」
漢普爾點一下頭，接著往下繼續說道：「我在客廳裡看了一下，沒找到什麼會發出臭味的東西，後來我聽見房間裡面傳來一種嗡嗡的聲音，我就順著聲音走進去，結果發現葛里摩斯居然死在浴室裡面，身上還爬滿一大堆的蒼蠅跟蛆。那個景象實在是太恐怖了，我一看到就嚇得立刻衝出去，管理員也是一樣。接著我們就打電話叫治安隊，然後站在門口等。一直到他們趕來為止，我們都沒再進去過。」
「嗡嗡聲是什麼東西發出來的？」
「是吹風機啦，他都已經躺在地上了，手上拿的吹風機還一直嗡嗡嗡的吹個不停，結果把他的大腿跟毛皮都吹到焦掉了，真噁心。」
漢普爾邊說邊皺起眉頭，大概是想起了當時的景象。
「既然門是關著的，味道又會從屋子裡面傳出去，那就代表窗戶應該是打開的沒錯吧？」
海德爾也皺著眉頭問道。
「是開著沒錯，不過窗戶上都有裝鐵窗，所以根本沒辦法爬進去。」
「這間房子一共有幾扇窗戶？」
「客廳這邊一扇，然後廚房那裡也一扇，一共兩扇。」
漢普爾再次回頭朝房間裡面瞄了一眼。

「兩扇啊……」

海德爾伸手摸摸自己的狼吻，視線在空中游移一會兒後又繼續問：「這裡每間屋子都有裝警報器嗎？」

「對，每間屋子都有。你可以看到這裡面有一台機器，要用的時候直接按下密碼就行了。不過這個警報器只能從屋子裡面設定，出門的時候就不能用了，真不知道當初為什麼會設計成這個樣子。我看八成是蓋宿舍時為了省錢，所以就去撿別人不要的淘汰品來用。你看這裡連個露臺都沒有，光在外面立了兩根柱子就當作是晾衣服的地方了；還有他們附給我們的那根曬衣竿，也不過是拿施工時剩下來的水管充數而已……」

漢普爾一邊不滿地碎碎唸著，一邊指著牆後面的某個地方，也不知道到底是要他們看什麼。不過海德爾想想倒也覺得無所謂，反正等會兒一樣可以從葛里摩斯的房子裡看到。

「這個密碼是幾位數的？如果忘記密碼的話怎麼辦？」

「忘記就只好一個一個慢慢試嘍，反正只是四位數密碼而已，店裡也沒限定幾點鐘之前要到，所以不需要趕。」

（不但只能從屋子裡設定，而且還必須親自手動按密碼？看來這個部分得仔細確認一下才行了。）

海德爾將等一下要注意的重點牢牢記在心底，接著又向對方問道：「葛里摩斯平常待在家裡的時候，會把房門上鎖以及設定警報器嗎？」

「我不知道他有沒有設定警報器的習慣，不過平常應該沒必要上鎖吧。反正這裡有管理員在做門禁，睡覺前再上鎖就可以了，我自己就是這樣。」

「原來如此。」

海德爾呼了口氣，點點頭對漢普爾說：「我想目前應該沒什麼問題了，不好意思，還要麻煩你幫忙回想這麼久以前的事情。」

「不會，我可以進去了嗎？」

「可以了，謝謝你的幫忙。」

海德爾再次向漢普爾點頭致謝，目送他白色的身影消失在門後。

7

「你還好吧？」

大門喀嚓一聲關上後，托魯塔開口向海德爾問道。

「還好，為什麼這麼問？」

海德爾疑惑地看著托魯塔。

「因為我看你一直頻頻皺著眉頭，好像不是很順利的樣子，還以為你馬上就要宣佈說你的推測是錯誤的，然後轉身回家呢。」

「呃……目前我還沒確認過所有的線索，所以也無法評斷我的推測到底是對還是錯。再說，就算真的弄錯了，也得等我看過現場之後才能回家啊。」

海德爾一臉正經地表示。

「哦？看你說得這麼有自信，應該不是故意逞強給我看吧？」

托魯塔將雙手抱在胸前，先是若有所思地點了點頭，接著突然笑出聲來。

「也對啦，仔細想想這根本沒什麼好擔心的。雖然教官叫你把有問題的部分寫出來，但是他又怎麼會知道你的調查過程和結果呢？你只要隨便去查一些不重要的事情，然後把能解釋的問題寫清楚，不能解釋的部分通通省略掉，就可以很輕鬆地完成這份報告了。」

「那樣的確很輕鬆沒錯，不過我不會這麼做。因為我來這裡的目的，就是為了要弄清楚事情的真相，報告什麼的完全不在我的考慮範圍內。如果我用敷衍的方式來進行調查的話，那還不如一開始就什麼都別問，至少現在也不必花這麼多力氣跑來跑去了，不是嗎？」

海德爾輕輕搖著頭，婉拒了對方的好意。

「聽你這麼說，還真是讓我覺得慚愧。」

托魯塔先是苦笑著抓抓頭，接著又呼出一口氣說：「不過話說回來，既然我都已經說過要來觀察你的辦案方式了，那就不應該隨便干涉你的做法。你不要管我剛才說什麼，繼續照你的意思去辦吧。」

「謝謝你的理解與支持，那我們現在就去葛里摩斯的房間看看吧。」

說完，他們立刻迫不及待地前往下個現場。

來到葛里摩斯的房門口時，海德爾和托魯塔先帶上手套，然後繞著屋子觀察一圈，確定這棟建築物只有一扇門和兩扇窗戶，而且格子狀的鐵窗也都牢牢固定在牆壁上之後，才用店長給的鑰匙打開門進去。

海德爾選在這個時候來調查，其實真的非常幸運，因為這棟房子目前還維持著案發當時的模樣。如果再多等幾天，葛里摩斯的私人物品就會通通被當成廢棄物處理掉，到時候也不需要跑這一趟了。

海德爾和托魯塔大步跨進屋子裡，先把電燈開關給打開，然後直接走到最後面的浴室。

從空間配置圖來看，浴室位於房子的左上角，門口則朝右邊對著廚房。浴室裡面有馬桶、洗臉台、鏡子和洗澡用的蓮蓬頭，卻沒有浴缸或浴桶。至於浴室最內側的牆角處，則斜靠著一根直徑約四公分的硬質水管。海德爾猜想，這大概就是漢普爾所說的曬衣竿。

儘管事隔多日，浴室裡仍然可以聞到一絲屍體腐爛的臭味，不過這也可能是因為狼的嗅覺比較靈敏的關係。

海德爾知道現場氣味有時候會成為重要線索——事實上，他之前就是靠著這一點才發現破案關鍵——因此他摸摸鼻子，一邊努力辨識現場殘留的各種氣味，一邊蹲下來看著白線畫成的屍體標示。

「葛里摩斯使用的吹風機，跟我們平常使用的有什麼不一樣嗎？為什麼他的偏偏會漏電？」

海德爾不解地問。

「吹風機是他幾年前從某個高級俱樂部拿到的絕版紀念品，不過會漏電是因為把手的內側有一點破損。從現場的狀況來看，他當時大概是洗完澡正在吹身上的毛，結果濕濕的手去碰到那個破損的地方，然後就觸電了。」

「確定他是被電死的嗎？會不會只是看起來像而已？」

「這一點無庸置疑，雖然屍體已經開始腐爛，不過法醫證實了他的死因是觸電所造成的心跳停止，而且屍體上並沒有發現其他的外傷或內傷，也沒有任何毒物反應。」

「我以前也有被插頭電到過，不過卻沒什麼事情。」

「觸電的時候，有沒有碰到水好像差很多。葛里摩斯的手上是濕的，腳下又踩著水珠，受到的傷害當然也跟你不一樣。」

「對了，漢普爾不是說他腿上有一塊被吹風機燒焦的部位，會不會……」

「那個焦痕是死後才造成的，而且我已經問過法醫了，就算有人趁他活著的時候把那個地方烤焦，頂多也只會讓他痛不欲生而已，不可能會害死他。」

海德爾「嗯」了一聲後站起來，開始一一檢視浴室裡面的物品。他先觀察掛在鐵架上面的棉製毛巾，接著看向洗臉台上的洗髮精和沐浴乳，還有那根長度與天花板差不多高的曬衣竿。最後，海德爾走到馬桶前面，把水箱的蓋子打開來往裡面看。

「吹風機那個破損是新的還是舊的？」

蓋上水箱的蓋子後，海德爾轉身對托魯塔問道。

「舊的，鑑識人員已經拿去分析過了，他們說那個破損至少從半年前就出現在吹風機上了。」

「半年……換句話說，葛里摩斯在這之前的幾個月裡，都有可能會像現在這樣被電死嘍？」

「是啊，所以你現在知道我為什麼會說這不可能是謀殺了吧。想要靠不確定性這麼高的東西來殺人，還要期望它不會太早生效，根本是不可能的事情。」

托魯塔邊說邊聳了聳肩。

（奇怪，這裡面好像真的沒什麼特別的玄機。既然吹風機是絕版紀念品，那就不太可能把它換成動過手腳的相同物品。而且托魯塔說的也沒錯，光靠這麼簡單的設計，根本無法預知葛里摩斯什麼時候會被電死，難道是我弄錯了嗎？

可是這不可能啊，葛里摩斯應該是被陷害的沒有錯。而且他半年來都沒發生過事情，現在卻突然死於意外，還成了殺人凶手，這種巧合未免太詭異了，只能認為是有人蓄意安排，但如果是意外身亡……）

突然，海德爾發現之前被他遺漏的某個重點了。他用手捂住自己的狼吻，吃驚地猛喘著氣。

「唉呀，我怎麼連這麼簡單的事情都沒想到？既然凶手能夠事先安排好不在場證明，那他當然會隨時注意對方的狀況。雖然跟當初的計畫不一樣，但以整體來看是沒什麼不同的。」

「咦？什麼意思？」

托魯塔被他突然冒出來的這番話弄得一頭霧水。

「沒什麼，我只是有一個地方弄錯了而已，不過現在問題已經解決了。我們到外面去吧，我想看看屋子內部的狀況。」

海德爾向他擺擺手，接著轉身跨出門外。

8

離開浴室後，海德爾很快地將整間屋子巡視過一遍，而這也是他第一次仔細查看這棟房子的內部。海德爾稍微估計了一下，發現員工宿舍的天花板距離地面約有三點五公尺高，面積則和旅遊區的渡假小木屋差不多，只不過多出一個廚房的空間而已。

從門口往房裡看去，房間的右手邊是床鋪，左手邊則是電視。床鋪再往裡面的地方是一張面向牆壁的書桌，書桌再往後走就是廚房。而電視再過去一點的部分，是一個看起來很高級的木製衣櫃。衣櫃是靠著牆角放置的，牆壁後面就是浴室。至於窗戶的位置則在電視與衣櫃中間，和書桌正好呈背對背的狀態。此外，房間中央放了一張精緻的木製小茶几，茶几上還擺著好幾本時尚雜誌，以及一大堆亂七八糟的單據。

海德爾隨手拿起單據瞄了一眼，發現那是一月的信用卡帳單。上面的應繳金額為三萬五千元，繳費日期則是一月十五號到三十號。

「瑟雷利亞說葛里摩斯每次都在繳款日的第一天去付錢，真的是這樣嗎？」

海德爾目不轉睛地盯著繳費單說。

「是真的，我們去銀行調查過，確定他每個月的十五號都有準時繳費，最晚也不會超過兩天。」

托魯塔點點頭回答。

「每張信用卡的繳費日期都是十五號嗎？」

「是啊。」

「喔，這倒是有意思了。」

海德爾分別拿起幾張不同銀行的繳費單來檢查，接著從口袋裡拿出一個透明證物袋，把那些單據通通裝進去。

「你不是說要調查屋子內部的狀況嗎？這些問題跟屋子有什麼關係？」

托魯塔不解地抓抓脖子反問道。

「沒什麼關係，只是問問而已。」

裝完證物後，海德爾一邊進行思索，一邊將視線從書桌上的液晶螢幕，一路延伸到由於主機被搬走，而被棄置在地上的電線。

最後，海德爾指著書桌上原先放著主機的位置，然後說：「你們發現的犯罪計畫書裡面，有寫說他下次打算什麼時候犯案，還有他的目標是誰嗎？」

「有，上面寫的預定時間是五月十九號的早上七點半，對象則是一位準備在那天去銀行存錢的自營業者。」

「你們有聯絡那個人來問話嗎？」

「沒有，反正嫌犯都死了，我們就沒有把計畫書的消息公佈出去，也沒有讓當事者知道這件事情，免得造成對方無謂的心理壓力。」

「我知道了。」

海德爾拉開書桌抽屜，看到裡面放著一個由細鐵鍊、鐵圈和三隻鑰匙所串成的鑰匙圈後，便轉身問托魯塔：「這應該是這個房間的鑰匙吧？當你們趕到現場的時候，鑰匙就已經放在這裡了嗎？」

「是啊，本來裡面還多放了一個皮夾，不過皮夾現在被收在證物室裡。」

「皮夾裡面有些什麼東西？」

「呃……我記得有三千多塊錢，員工感應卡，公車票，身分證，汽車和機車駕照，還有兩張提款卡跟五張信用卡。」

「感應卡是不是好好的收藏在夾層裡，而且上面還積了一層灰，看起來幾乎都沒拿出來過？」

「對！你怎麼知道的？」

「因為葛里摩斯把衣服脫下來就隨地亂丟，雜誌也看完就放著不管，可見他平常做事都是以方便為主。而卡片放在皮夾裡還是可以感應得到，所以他上班的時候大概也不會特地把卡片抽出來，而是直接把整個皮夾拿上去刷。」

海德爾指著房間裡的東西一一回答。

「原來如此，這麼說也挺有道理的。」

托魯塔頗為佩服地點點頭。

「你們發現屍體的時候，這個抽屜是開的還是關的？」

「關著的。」

「宿舍的房間鑰匙一共有幾把？是特製的鑰匙嗎？」

「總共就只有兩把而已，分別由門口的管理員和房間擁有者攜帶。如果是空房間的話，房客的那一把就會由店長來保管，以便能隨時交給新加入的員工。而且鑰匙本身也是特製的，如果要打備份鑰匙的話，得請原來的廠商花一個星期的時間才能完成。我們已經確認過了，這個房間從來沒有申請過備份鑰匙。」

當海德爾隨手將抽屜關起來時，突然注意到抽屜握柄的正上方處，有一道細小的弧型凹痕，而且那道痕跡似乎還很新。於是他彎下身體，仔細凝視著這塊木頭表面。

「怎麼了？這裡有什麼問題嗎？」

「不知道，說不定是……嗯……晚一點我再來想想看好了。」

海德爾輕輕在凹痕上摸了幾下，接著挺起身體，往門口的方向走去。

宿舍房門是以不鏽鋼做成的，因為外表塗上了鮮綠色的油漆，所以不會在太陽的照射下產生反光。門上裝的鎖與一般家庭常用的普通鎖一樣，需要從內部轉動旋鈕才能把房門鎖上。由於大門周圍沒有半點隙縫，因此無法從外面使用釣魚線或鐵絲來鎖門，當然也不能使用膠帶。

警報器的開關就裝在門口旁邊的牆壁上，跟漢普爾當初對他們指示的位置完全相同。從外觀來看，警報器就像是一個白色的塑膠方盒子，上面還有一個可以往左邊翻開的蓋子。蓋子旁邊則有三個小燈，最上面的紅燈現在正持續發光。

海德爾把蓋子打開，發現裡面就像電話的面板一樣，有十個寫著數字的灰色按鈕，以一到九的順序從左到右向下排列著，最下面的零則孤單地放在中間。

「這個警報器要怎麼使用？直接按下密碼就可以了嗎？」

海德爾好奇地問。

「沒錯，第一次按的時候是設定，第二次按的時候就是解除。如果這個警報器響了，必須要持續叫個兩分鐘才會自己安靜下來，而且還得重新設定一次才能再讓它發揮作用。」

「這上面的紅燈是什麼意思？現在正在設定中嗎？」

「不是，那代表門還沒有關起來。」

托魯塔一邊用手指向門口，一邊熱心地對他說：「你看，這上面有裝磁性感應器，只要門打開讓磁鐵脫離上方的感應器，裡面的迴路就會自動接通，警報器也會立刻響起來。而且這個警報器在門打開的情況下是不能設定的，所以也不可能等設定完後才離開。」

聽完這段解說，海德爾立刻走到大門口，把這扇外開式房門關起來。接著往後退了一步，輪流看著門框以及大門的右上角邊緣處。只見這兩個地方的相對位置上，各自貼了一塊紫色的塑膠物品。因為黏在大門內側的緣故，從房間外面根本就無法看到它們。

「怎麼樣？窗戶的鐵窗只有拳頭般大小的空隙，門也已經上了鎖，並且還加設警報器。從這些狀況來看，應該沒有外力介入的可能性了吧？」

托魯塔晃了晃尾巴問道。

「嗯……我們繞到窗戶那邊去看看，有個地方我想要再多確認一次。」

海德爾沒有回答托魯塔的問題，只是轉身巡視了一下屋子內部，並且朝窗戶的方向指了一下後，便逕自打開大門朝外頭走去。

「窗戶不是一開始就已經先看過了嗎，還需要確認什麼？」

托魯塔雖然嘟囔了幾句，但還是立刻跟了過去。

海德爾重新走到屋子左側的那扇窗戶前面，先朝屋子裡面望了幾眼，然後轉頭問托魯塔：

「你知道這面牆到另一面牆的長度是多少嗎？」

「呃……好像是三公尺左右吧，你問這個要做什麼……啊！」
托魯塔此時突然像是想到了什麼似的，露出恍然大悟的表情說：「你該不會是想說既然門口不行，那就從窗戶的位置來拉動門鎖吧？不行啦，這一招我已經實驗過了，這裡的方向根本就不對，不管用釣魚線還是膠帶都行不通……」
「你先不要這麼急，讓我仔細檢查一下。」
海德爾揮揮手要他安靜下來，隨後抬頭看著鐵窗，仔細檢視那些早已積滿灰塵的鐵條。
「啊哈。」
不一會兒功夫，海德爾就從其中一根鐵條上發現了他想找的東西。
「什麼什麼？你發現了什麼東西？」
托魯塔好奇地湊上來。
「沒化驗前我不敢肯定，不過我想應該是塑膠的碎片。」
海德爾邊說邊從口袋裡掏出一把鑷子以及一個新的透明證物袋，並用鑷子小心地從灰塵當中夾起一片長約五公厘左右、微微捲曲的灰色物體，然後將它丟進證物袋裡。
「這個東西有什麼問題嗎？」
托魯塔看著塑膠袋裡的碎片問。
「當然有問題，它可以證明這間密室是怎麼被做出來的。」
「什麼？你是說……你已經知道這是怎麼回事了？」
「對，我已經解開凶手所使用的詭計了，不管是大門還是警報器都一樣。」

「真的假的？你光是這樣看看就能把這兩個問題都解決掉？」
托魯塔有些不可置信地再次追問。
「這種機械化的東西，只要知道它的原理就可以見招拆招了。凶手的手法其實相當簡單，光是使用現有的東西就能夠輕易完成……不對，有一樣東西可能不是現成的，不過可以買得到。」
海德爾把裝了碎片的證物袋交給托魯塔，請他帶回去給鑑識組分析，接著又皺起眉頭說：
「可是，我還有一個問題沒有解決，就是關於不在場證明的部分。凶手到底要用什麼方法，才能讓葛里摩斯在案發那幾天沒有上班紀錄？」
「會不會是凶手事先打聽出他想休假的日期，然後故意挑那幾天犯案？反正店裡的生意那麼好，總會有一、兩個適合在那一天下手的對象。就算真的沒有符合條件的人，凶手也可以再等下一次機會。」
既然已經確定有其他人涉案的可能，托魯塔便不再堅持己見，而是開始朝海德爾的推理方向去進行思考。
「若是這樣，選在星期六或星期天的時候犯案不就行了？反正葛里摩斯都固定在這兩天休假，凶手又何必冒著引人質疑的風險去打聽他的休假日。」
「對喔，這麼說來，為什麼凶手不在這兩天犯案？難道是因為銀行這兩天都不開門，他找不到適合下手的目標嗎？」
「不是，是因為他想要替自己製造不在場證明，所以才故意不選那兩天。」
海德爾毫不猶豫地說。

「你說什麼？」

「老實說，我對凶手的身分其實已經有個底了，但是那個人在案發那幾天都有不在場證明。如果我沒猜錯的話，凶手在陷害葛里摩斯以及替自己製造不在場證明時，使用的應該是用同一套方法。只是那個方法究竟是什麼，我到現在還是一點頭緒都沒有，而且也沒有確切的證據可以證明凶手是他，唉……」

海德爾拿出筆記本，開始把今天的搜查結果記錄下來。寫到一半，他突然停下手邊的動作，仔細看著剛才寫下的那些文字。那對藍色的眼睛咕嚕嚕地轉動了幾圈之後，隨即綻放出靈光一閃的耀眼光芒。

「就是這個，原來答案一直都在我面前啊！」

海德爾用筆重重敲了一下筆記本，然後轉頭對托魯塔說：「你幫我借來的那幾頁登記簿——就是現在放在你機車座位底下的那些，能不能麻煩你今天先把它們帶回去，放進冰箱的冷凍庫裡，等到明天上課的時候再帶過來？」

「啊？我沒聽錯吧，把證物放進冰箱裡面要做什麼？」

托魯塔驚訝得張大嘴巴。

「這是為了找到決定性證據的必要措施。如果由我自己弄的話，其他人說不定會認為是我在造假，所以一定要麻煩你來做才行。」

「我知道了，放進冷凍庫就行了吧。」

托魯塔雖然有些半信半疑，不過看海德爾那麼堅持的模樣，他也只能點點頭答應幫忙。

「對，拜託你了，這件事情真的非常重要。」

海德爾一邊露出感激的表情，一邊把手套脫下來。

9

隔天中午，托魯塔依約把東西交給海德爾。海德爾一接過證物袋，立刻迫不及待地拆開包裝，將裡面的資料拿出來檢查。

「太好了，果然跟我想的一樣，這樣就可以證明我的推測是正確的了。」

海德爾的語氣裡帶有隱藏不住的得意。

「真的有了嗎？在哪裡？到底是什麼樣的證據啊？」

托魯塔也跟著湊上來看。

「就在這裡，你看。」

海德爾用手指出證據的位置，托魯塔一看，馬上臉色大變。

「這……怎麼會這樣，所以我們真的弄錯凶手了？」

托魯塔瞪大眼睛，沮喪之情頓時寫滿他的臉上。

「弄錯了也不要緊，至少現在還有機會可以修正過來……嗯？」

海德爾皺起眉頭，看著其中一張文件說：「奇怪，第一天的記錄居然沒有動過任何手腳，這是怎麼回事？」

「會不會是你有什麼地方弄錯了？還是說，凶手第一次犯案的時候使用了別的圈套？」

托魯塔提供了他的意見。

「弄錯了?」

海德爾將文件放到桌子上,默默地分析起這個出乎意料的狀況。

(凶手使用了別的圈套?真是這樣嗎……不、不對!如果一開始就有準備圈套的話,那他只要一直使用同樣的方法就行了,根本不必換另一種詭計。所以這份記錄應該是真的沒錯,完全沒有被動過任何手腳。

這麼說來,葛里摩斯當時是真的在休假,而凶手也真的有不在場證明……如果這是事實的話……)

海德爾瞇起眼睛,仔細回想著過去這兩天的調查結果。沒多久,某個想法就自動跳了出來。不但修補了這個奇怪的落差,而且還讓兩件看似不相干的事情結合在一起,成為一個全新的結論。

「對了,就是這樣!」

「啊?什麼?」

海德爾的尾巴突然在椅背上敲了一下,把同樣在沉思的托魯塔嚇了一跳。

「你還記不記得我前兩天問你的那個問題?『如果只是要誤導辦案,為什麼凶手要特地把屍體搬到十樓往下丟』,這件事情就說明了這點!」

「什麼東西說明了哪一點?拜託,我又不知道你腦子裡在想什麼,你能不能把事情解釋得清楚一點?」

托魯塔不解地問道。

「嗯……我還是先不要說好了，因為這個部分是整個推論的最後一段，現在說出來可能會造成你的混亂。而且我的習慣是先把所有資料整理好，然後再拿出一份完整報告，這樣就算中間有什麼地方弄錯了，也還有修正的機會。」

「好吧，反正過幾天你就得上台演講，到時候不說也不行，哼哼。」

托魯塔從鼻子噴出兩口氣，然後又像是想起什麼似的說：「對了，你昨天要我幫忙化驗的那樣東西，結果已經出來了，化驗報告在這邊。」

「喔，我看看。」

海德爾伸手接過對方遞給他的文件，然後快速地將內容瞄過一遍。

確定資料上的內容和自己所想的一模一樣後，海德爾再次露出微笑，點點頭對托魯塔說：「真是不好意思，因為我的任性，害你這幾天都要跟著我一起東奔西跑的，還要麻煩你這麼多事情，謝謝你。」

「沒什麼啦，這些都是我自己要做的，你不用一直這樣跟我道謝。」

托魯塔有些靦腆地說。

「不管怎麼說，還是謝謝你了。」

海德爾一邊向他表示謝意，一邊把手上的資料全部收起來。

10

「教官，還有各位同仁，我現在要發表兩個月前所發生的一件連續強盜殺人案的調查報告。

內容則是關於我覺得這個案子裡有問題的部分，以及我替它們找出來的解答。如果大家聽到一半的時候有什麼疑問，都可以直接提出來。」

說完這句開場白後，海德爾翻開報告的第一頁，準備開始進行演講。

今天是海德爾參加講習的最後一天，也是他上台報告的最後期限。雖然海德爾早已完成這篇報告，不過他為了確定報告裡沒有任何紕漏，因此一遍又一遍地反覆確認，直到最後一天的課程結束後才上台發表。

海德爾站在講台上，一邊偷偷瞄著一臉鄙夷的教官，一邊以相當平穩的語氣對大家發言。

「根據之前的調查結果，這件案子是一個叫做葛里摩斯的人所犯下的。治安隊不但從他家裡發現犯罪計畫書，而且也找到了一部分贓款。除此之外，幾位證人也都做出了對他不利的證詞。從表面上來看，這件案子一點爭議都沒有，但是其中卻有幾個地方不太對勁，而讓我覺得最可疑的一點，就是兇手家裡沒有贓款這件事情。」

話剛出口，台下就有好幾個人發出不以為然的聲音，教官也輕哼一聲，表情像是老師聽到學生問了個笨問題。

「教官認為，由於葛里摩斯接下來還打算要繼續犯案，所以把錢全部花光也很正常，因為他想用下一次的犯罪收入來繳卡債。不過我到葛里摩斯的家裡去進行調查的時候，卻發現信用卡的繳費日期是在每個月的十五號到三十號，這麼一來，就出現一件耐人尋味的事情了。

根據其他同事的說法，葛里摩斯每個月都是在繳款日的第一天——也就是十五號的時候——去支付他的信用卡費，最晚絕不會拖超過兩天，而且這件事情已經被治安隊加以證實。但是托魯塔卻告訴我，犯罪計畫書上的犯案時間是在五月十九號。換句話說，下一次的犯案時間早就超過了葛里摩斯平常的繳費日期。因此，如果葛里摩斯真的是凶手的話，他一定會把五月七號的贓款留下來，不然就沒有辦法準時交錢了。

然而，葛里摩斯在繳費之前就死掉了，但是他的家裡以及銀行存款當中，卻沒有那批理應被留下來的贓款，唯一能解釋的理由，就是他根本不是凶手，所以他的家裡自然也不會有那些錢。」

海德爾說完這項結論後，現場的氣氛也變得凝重起來。就連原本抱持著看好戲心態的教官，此時也轉變態度，全神貫注地傾聽著他的演講。

「等一下，難道不會是葛里摩斯想說反正以後不用再向別人借錢了，就不用急著準時繳費嗎？」

坐在教室右側的龍獸人舉手問道。

「那是不可能的，因為他是變得比原來有錢，不是比原來更窮，在這種情況下是不會有人故意不付賬的。這就好比你平常一直失業，只能向別人借錢去交房租的時候，你會因為某天突然有了固定收入，而刻意晚幾天繳錢給房東嗎？我想答案應該是否定的吧。而事實上，四月份的費用他就有準時繳交，這也足以證明葛里摩斯並沒有這種想法。」

看到龍人恍然大悟地點點頭後，海德爾重新將整間教室巡視了一次，確定沒有人想要再提出問題。接著，他才繼續往下說明。

「既然葛里摩斯不是凶手，那就表示他家裡的證據是真凶栽贓的。但是這裡又出現了另一個問題，就是葛里摩斯的死因。雖然根據治安隊所查證的結果，已經可以排除人為因素的可能性；不過從時間點來看，葛里摩斯的死亡時機實在是太巧了些，再加上托魯塔曾經告訴我，葛里摩斯發生意外的時候，他們還不知道被害者跟牛郎店之間有所關聯，這似乎是在強調凶手沒有必要找人脫罪，讓我不禁懷疑葛里摩斯的死也是凶手所佈下的局。」

海德爾說到這裡時稍微停頓一下，並朝托魯塔的方向看去。

「不過後來我才發現，我一直都是以『凶手殺害葛里摩斯後嫁禍給他』這個假設來當作推理前提，但這前提其實是錯誤的。因為，即使葛里摩斯真的是死於意外，凶手還是一樣可以栽贓給他。雖然這跟凶手的計畫肯定不一樣，但以整體來看是沒什麼不同的，差別只在於死因是意外或是他殺而已。

當我想通這點後，問題就迎刃而解了。其實葛里摩斯真的是死於意外，只不過這件事情碰巧被凶手第一個發現了，於是他趁著治安隊還沒趕來之前，把被害者的鈔票塞進葛里摩斯的皮夾，然後又在電腦裡留下犯罪計畫書。因為葛里摩斯的死因並沒有任何爭議之處，所以凶手就想說如果自己能利用這個機會的話，那就絕對不可能會有人發現葛里摩斯是代罪羔羊。」

說到這兒，海德爾發現托魯塔露出了鬆一口氣的表情。看來沒有人注意到講義內容與現實狀況不相符的情形，真是太幸運了。

即使大部分的同仁都已經表現出信服的模樣，黑龍教官仍舊毫不客氣地提出質疑：「你這種說法根本不可能成立。講義上面雖然沒有寫，但是葛里摩斯的家裡其實是一間密室。當目擊者發現他的屍體時，屋子的大門是鎖著的，警報器也已經啟動了，而且那個警報器只能從屋子裡面進行設定。大門的鑰匙放在書桌的抽屜裡，窗戶上又裝了鐵窗，如果凶手是別人的話，他要怎麼把葛里摩斯的屋子弄成那個樣子？」

說完，教官還朝著整間教室環視一圈，像是在尋求大家的認同一般。

海德爾先等教官停止說話，然後才開口回答：「在我說明這個問題前，我要先提一下另外一件事情。我曾經詢問過同樣住在員工宿舍的漢普爾，他說因為宿舍有門禁的關係，所以他平常總是睡覺之前才鎖門，我想住在那裡的人可能都有相同的想法。而葛里摩斯的生活態度又很散漫，連衣服和雜誌都懶得收拾，因此他也很可能不會太注意門戶。

既然葛里摩斯意外身亡的那一刻正在洗澡，那就表示大門當時還沒有被他鎖起來。換言之，在目擊者發現屍體以前，凶手都可以自由進出他家，也有充分的時間可以進行栽贓，並且將現場弄成密室。

將房門鎖上的方法很簡單，因為葛里摩斯已經死了，所以凶手只要拿他的鑰匙來鎖門就好。書桌就放在窗戶的正對面，抽屜也是朝著窗戶的方向開啟，凶手利用這一點，先在離開房間之前把抽屜拉開一半，再以鑰匙將大門上鎖，接著繞到窗戶前面，把那根充當曬衣竿的粗水管從鐵窗的隙縫伸入屋內，一直到插進抽屜為止，這樣就可以把鑰匙像溜滑梯一樣地送回抽屜。最後，凶手再用水管頂著抽屜把手，將抽屜往前推回原位，鑰匙的問題就解決了。」

「原來如此，難怪你那時候一直在窗戶前面探頭探腦的。」

托魯塔忍不住打斷海德爾的解說，以迫切的語氣向他問道：「你問我窗戶到牆壁之間的距離，是想知道水管的長度夠不夠嗎？」

「是啊，窗戶到牆壁的距離大約是三公尺，天花板到地板的距離則有三點五公尺，水管的長度又跟天花板差不多高，所以從窗外可以用水管搭出一條直達抽屜的傾斜道路。而且水管的直徑有四公分，足夠讓鑰匙圈穿過去了。」

海德爾點點頭回應。

「真是胡說八道，屍體被發現的時候，水管就已經放在浴室裡面了。如果凶手真的使用你說的這種方法，那他要怎麼把水管放回去？」

黑龍教官駁斥道。

「凶手不必放回去啊，因為每間宿舍都有附相同的東西，所以他只要拿自己家裡面的來用就好。」

「等一下，照你這麼說的話，凶手就是住在宿舍裡的某位員工了？」

托魯塔再次出聲問道。

「沒錯。」

「喂，就算門鎖可以用這種方式解決，那也還有警報器啊。難道凶手能把警報器拆下來設定，然後再裝回去嗎？」

黑龍教官的聲音聽起來十分煩躁，顯然是對於海德爾居然能夠這麼輕鬆地回答而感到不滿。

「當然不能，不過凶手其實也不需要那麼麻煩。」

海德爾搖搖頭，把剛才的推理繼續說完：「因為警報器是靠磁力感應器來構成迴路，而磁力感應器則是利用門上的磁鐵來確認大門的位置，所以凶手只要去買一塊小一點的磁鐵，吸在感應器下面，警報器就會誤以為門已經關上了，當然也就可以在門打開的情況下進行設定。

總而言之，凶手先把證據拿到葛里摩斯的家裡佈置好，然後用這種方式設定警報器，走出屋子後鎖上大門，再用剛才說的方法把鑰匙送回屋子裡，並將感應器上面的磁鐵抽掉，密室就完成了。」

「那個門的周圍連一點縫隙都沒有，要怎麼把磁鐵抽掉？」

托魯塔不解地問。

「就是用你告訴我的那個方法：先用線把那塊吸在感應器上的磁鐵綁好，然後拉到鐵窗外面，這樣就可以在離開屋子後從窗戶進行回收了。奇怪，這你不是早就知道了嗎？」

「啊，對喔，我都忘了還有這一招……」

「你說了這麼多，終究也只是猜測而已。你敢說他不是一進門就先把那些東西設定好，然後才被電死的嗎？如果門上的鎖和警報器都是葛里摩斯自己弄的，自然就沒有栽贓這回事了。你有證據可以證明凶手曾經做過這些事情嗎？」

儘管海德爾已經做出這麼多解釋，教官還是不死心地繼續反駁。

「我的確沒有辦法證明葛里摩斯洗澡之前沒鎖門，但是我有證據能證明那間密室是凶手製造的。」

看到對方仍舊擺出懷疑的表情，海德爾覺得自己也差不多該拿些實際的東西出來了。他將報告往後翻了幾頁，從裡面挑出幾份文件說：「請大家看一下我手邊這幾張資料，上面是我從現場發現的兩樣東西的分析，我想應該足以證明凶手曾經使用過這些詭計。

首先是放著鑰匙的抽屜上面有一道弧形凹痕，位置則在把手的正上方。我稍微觀察了一下，發現那是圓柱形物體所製造出來的痕跡，而且大小與水管的尺寸正好相符。從痕跡所在的角度和位置來看，如果不是有人用水管斜斜地抵住把手進行推擠的話，是不會留下那種痕跡的。

至於另外一項證據，就是這塊長度不到一公分的塑膠碎片。這個碎片是我在鐵窗上發現的，根據化驗的結果，證實了它的成分和宿舍裡用來代替曬衣竿的水管一模一樣。為什麼鐵窗上面會有這種東西？因為凶手曾經把水管靠在上面進行抽動，結果鐵條凸起來的部分刮到水管，所以就留下碎片了。」

「我覺得密室的事情有點奇怪，既然葛里摩斯本來就是死於意外，那凶手又何必自找麻煩地把房間做成密室？反正直接栽贓給他不就行了嗎？」

當海德爾把資料塞回報告裡面的時候，一位坐在教室後面的熊獸人問道。

「前幾天上課時，教官曾經提到過『因為擔心犯行被發現，有些嫌犯會在案發現場做出多餘的舉動』，這次的凶手也不例外。既然凶手碰過現場的物品，自然會擔心『萬一有人發覺現場被動過手腳的話怎麼辦？』

在這種想法的驅使之下，有些人會覺得稍微做些掩飾比較保險。這就跟從一大堆銅板裡面偷錢的人，總是會覺得自己拿走的那個部分好像缺了一塊，因此移動其他的銅板來掩蓋住那個地方一樣。

總之，凶手希望現場看起來像是沒有任何人進去過，而他所想到的方法就是將現場弄成密室。結果這個策略成功了，原本懷疑這種可能性的人，也因為密室的關係而打消了這種想法。」

「好吧，你的解釋還算是可以讓人接受。可是不在場證明呢？之前連續幾個月的上班紀錄裡，葛里摩斯都是固定在星期六和星期日休息。但是案件卻發生在他突然沒去上班的那三天裡，這也未免太巧了吧？根據其他同事的說法，葛里摩斯的上班時間都很固定，只有偶爾一兩天才會突然無預警休息，難道凶手還可以事先預料到他什麼時候會突然不上班，然後特地挑那幾天來犯案？」

教官的表情顯得有些僵硬，看來他從沒想過海德爾居然能提得出證據，結果反而害自己的面子掛不住。

「凶手的確沒有辦法預料這種事情，不過他使用了另外一種方法來達到相同的目的。而這件事情也清楚地指出，真正的凶手到底是誰。」

海德爾迎上教官的目光，充滿自信地回答。

11

儘管海德爾已經從教官的話語中嗅出了危險的氣息，他還是無所畏懼地繼續往下推理：「正確的說，凶手並沒有選在葛里摩斯休假的時候去犯案，而是剛好相反。他利用某種詭計，讓葛里摩斯在案發的那幾天都沒有不在場證明。」

「等了幾天，你終於願意說了，趕快告訴我是什麼詭計吧。」

托魯塔忍不住插嘴說道。

「咦？前幾天你把東西給我的時候，不是已經看見有問題的部分了，難道你還不知道是怎麼做的嗎？」

海德爾露出訝異的表情。

「唉呀，我沒你那麼行啊。雖然我是看見動過手腳的痕跡了，但實在想不出他到底是怎麼做到的。」

虎獸人的臉頰上微微浮現紅暈。

「哦……那也沒關係，反正我現在要開始進行說明了。」

海德爾尷尬地乾咳幾聲，接著把話題重新拉回到原先的推理上：「治安隊在調查不在場證明時，主要依靠的是兩項證據：第一項是感應機裡的打卡記錄，第二項是登記本上的簽到記錄。或許有人會認為就算有打卡也不代表當事者真的有去上班——當然反過來也是一樣，但在我親自了解過它們的運作方式之後，我就明白為什麼這些記錄會被認定是可以採信的證據了。

感應機的打卡記錄會直接傳送到『猛牛』的人事部去，即使是店長也無法進行修改；至於登記本上的簽名，則是每天都會由店長或幹部親自進行檢查，而且名字和時間都是用原子筆或中性筆來寫，只要有塗改就會立刻被發現。綜合以上的狀況來看，這兩項記錄的可信度都非常高，似乎沒有可以動手腳的餘地。

但是很遺憾的，這些程序既然是由人工的方式來執行，那就難免會有某些漏洞可以鑽。再加上剛才我也說過，凶手是店裡面的某位員工，如果以這個角度去想的話，就會發現感應機的問題其實很容易解決。

凶手只要在他預定要犯案的前一天，先偷偷把自己的識別證和葛里摩斯的識別證互相交換，這麼一來，即使葛里摩斯在案發的那一天有去上班，電腦裡也不會出現他的上下班紀錄，反倒是凶手會因此而擁有不在場證明。等到第二天上班的時候，凶手先和葛里摩斯在同一時間走進店裡，接著再找個適當的時機把卡片偷偷換回來，一切就大功告成了。」

「我懂了，這就等於是凶手讓葛里摩斯代替自己去上班嘛。難怪你那時候會提到識別證的磨損狀況，你是想確認這個方法行不行得通吧？」

托魯塔恍然大悟的說。

「沒錯，因為葛里摩斯打卡的時候都直接把整個皮夾拿上去刷，所以不用擔心他會發現識別證被人偷換過。牛郎的工作包括上台跳舞，而且他們也會去淋浴間洗澡，所以一定可以找到偷換卡片的機會。

使用這個詭計還有另一個好處，就是凶手在犯案後依然可以去上班，只要他在上下班的時候故意不打卡，葛里摩斯就不會有案發當天的不在場證明。」

「那麼登記簿上的簽名呢，這又是用了什麼詭計？」

「這裡使用的詭計就有點不太一樣了，不過原理倒是差不多。」

海德爾點點頭說道：「當凶手偷換葛里摩斯的識別證時，他還在另外一樣東西上面動了手腳，就是葛里摩斯隨身攜帶的中性筆。如果你還記得的話，瑟雷利亞當初是從自己的置物櫃裡拿筆出來簽名的，而且『猛牛』的登記簿裡面並沒有附上原子筆，所以我想『猛牛』裡應該有規定每個員工上班時都要自己帶筆。

市面上有賣一種擦擦隱形筆，字跡只要一遇熱就會變成透明的。凶手把葛里摩斯的中性筆筆心偷偷換成那種筆，等到店長檢查完登記簿之後，再用更衣室的吹風機把他的名字消除掉，重新寫上自己的名字，然後再把筆心換回來，這樣就完成詭計了。即使店長每天都會檢查簽名是否正確，也不可能會發現前幾天的某個名字突然從甲變成乙吧？況且這種方式不會留下塗改過的痕跡，因此更不可能被人懷疑。

我會注意到這個詭計，是因為我自己就有一隻這種筆。當我在記事本上寫字的時候，突然發現這種墨水跟登記簿上的某些字很像，而這種筆的特性就是可以把寫錯的字清掉，於是我就想到，如果有人在登記簿上搞鬼的話，說不定就是用這種方式來動手腳。」

海德爾邊說邊把自己的筆拿起來給大家看，然後再收回口袋裡。

「等一下，你不是認為凶手犯案後還是有回到店裡去上班嗎？如果他用這種方式來補簽名的話，那他的名字不就會在登記本上出現兩次？」

托魯塔問。

「喔，我剛剛還忘了說，其實凶手那一天的名字也是用擦擦筆寫的，之後只要用吹風機把它消掉，再隨便填上一個當天沒上班的同事名字就行了。雖然店長在月底比對報表的時候，會發現那個人沒有感應卡的打卡記錄，但是因為當時並沒有在登記簿上檢查出問題，現在也沒有發現塗改過的痕跡，所以店長會以為這是當事者忘記打卡，而直接幫對方提出補算工時的申請，絕不會懷疑是登記簿上的名字被人改過。」

「為什麼凶手要花功夫去換筆心，而不是在另一隻相同的筆上動手腳，然後再拿整隻筆來做交換？」

另一個坐在教室後面的龍獸人也跟著問道。

「因為就算是同一種筆，有些人還是能從外觀分辨出細微的不同，如果直接拿其他的筆來用，葛里摩斯說不定會發現自己的筆被人偷換過，所以我認為凶手只換了筆心。」

「太誇張了吧，如果是死後栽贓的也就罷了，難道凶手還可以在一個人意外身亡前，預先對他設下這麼多詭計嗎？」

教官先是冷笑一聲，接著突然像發現什麼似地露出驚訝的神情。

「沒錯，如果凶手本來就打算要讓葛里摩斯成為代罪羔羊，那就可以明白為什麼凶手會第一個發現屍體，而且證據又都那麼密合了。」

海德爾順著教官的話接下去說：「既然原先要背黑鍋的人已經死了，凶手當然也無法再繼續犯案。雖然就這樣放著也無所謂，不過凶手還是擔心，萬一治安隊過了很久以後才找上門來，說不定打卡紀錄就沒了。與其這樣，不如趁這個機會把栽贓的證據留下來，主動將整個案子結束掉。反正那些詭計也只能用在葛里摩斯一個人身上，現在不用就全都報銷了。但這畢竟是意料之外的狀況，使得凶手忘記考慮到繳費日的問題，因而留下一個不符合被害者習性的破綻。」

聽見這話，教官再次露出啞口無言的模樣。接著他點了點頭，擠出一個勉強而虛假的微笑說：「不錯，到目前為止都還算是挺有道理的。既然你能講出這麼多東西，想必也已經知道真正的凶手是誰嘍？」

「在我說明這個問題之前，我想先確定一件事情。就是在我去葛里摩斯的家裡進行搜查，問到犯罪計畫書的事情時，托魯塔曾經說過：『我們沒有把計畫書的消息公佈出去，也沒有讓當事者知道這件事情。』真的是這樣嗎？」

「呃……是啊，這有什麼問題嗎？」

突然被海德爾這麼問，托魯塔頓時愣了一下，不過他隨即點點頭回答。

「當然有問題，你稍微回想一下，當我們去找瑟雷利亞——也就是講義上提到的那位借錢給葛里摩斯的朋友——問話的時候，他不是說出『你們都已經在他家裡發現贓款跟下一次的犯案計畫』這句話嗎？如果你說的沒錯的話，為什麼他會知道這件事情呢？」

「咦？這……奇怪，我記得這件事情明明沒有公開啊……為什麼會……」

托魯塔的表情因為困惑而皺成一團，就連尾巴也跟著捲了起來。

「不用想得太複雜，既然這項消息並沒有公開，而瑟雷利亞卻又能夠知道這件事情，那麼答案就只剩下一個了：因為凶手就是他。」

呼聲與驚嘆聲就像波浪一樣傳遍了整間教室，好幾個人紛紛舉起手，想要提出詳細一點的問題。海德爾也沒有辜負他們的期望，一個一個輪流讓大家說出自己的問題。

「你剛才說的證據太籠統了，而且又沒有其他人在現場聽到那句話，有沒有確實一點的證據？」

一位坐在窗戶旁邊，全身灰毛的狼獸人問。

「證據就在登記簿上。就我所知，如果把擦擦筆的墨水放在零下十度以下的低溫中，墨水就會重新出現顏色。所以只要將案發那幾天的登記簿拿去冷卻，就會看到凶手的名字下面有葛里摩斯的簽名……你們看！」

海德爾一邊說，一邊把用證物袋裝著的登記簿拿起來展示。

「這是登記簿放進冷凍庫裡一個晚上的結果，瑟雷利亞的名字下面確實出現了葛里摩斯的簽名，而且另外一個人的名字下面也有瑟雷利亞的名字，這就證明這個詭計的確有被實行過，而且也是指出凶手是誰的決定性證據。」

海德爾用手指在瑟雷利亞的簽名上面畫了幾圈，確定大家都有清楚看到這項證據之後，才把登記簿重新放回桌子上。

「可是他們兩個不是願意互相借錢的好朋友嗎？如果瑟雷利亞是凶手，那他為什麼要嫁禍給對方？而且他的錢都已經多到可以幫朋友還債了，經濟狀況應該很好才對啊，有什麼理由要犯下這些案子？」

之前曾提過問題的熊獸人，又再次把手舉起來問道。

「就算是朋友，也不表示瑟雷利亞願意接受這種有借無還的行為。說不定在他心裡，對於這份『友情』其實是十分痛恨的。

此外，瑟雷利亞曾經說過：『這工作又不能做一輩子，總要趁著有機會的時候多留些錢，為將來做點打算。』他也坦承住員工宿舍是想多存點錢。從他連住宿費都捨不得花的情況來看，他的儲蓄目標應該不會太小，我猜他大概是想開店或買房子。

這份工作一個月的收入大約有十五萬左右，而葛里摩斯一個月的負債也是十五萬，但這些錢卻全部都是從瑟雷利亞那裡借來的。換句話說，葛里摩斯不只是把自己的薪水花掉而已，他還把瑟雷利亞的錢給花光了。原本瑟雷利亞做這份工作就是為了存錢，現在卻沒辦法留下任何積蓄，他當然會因此而感到焦慮，這就是瑟雷利亞的犯案動機。」

「既然這樣，那他不要借錢給葛里摩斯不就好了。把自己的錢借給別人，然後又去搶其他人的錢來補，這有道理嗎？他都有膽量殺人了，總不會說沒辦法拒絕對方吧，不然直接殺了葛里摩斯也行啊。」

熊獸人還是覺得有些不解。

「根據店長的說法來看，葛里摩斯似乎很會逼別人掏錢給他，如果可以拒絕的話，瑟雷利亞應該早就不借了。更重要的是，就算他真的想殺葛里摩斯，也不可能直接這麼做，因為大家都知道他們之間有借貸關係，那樣馬上就被抓到了。更何況，殺了他也沒辦法把那些錢要回來。

但若是使用這種迂迴的方式，就算他最後動手殺了葛里摩斯，也還是能擁有完整的不在場證明，更不用說這多少可以拿點錢回來。至於嫁禍給對方，也可看做是讓葛里摩斯為自己做出補償。總之，不管從心理面或是實務面來看，都是用這種做法最有利。

不過，這個問題也提到了一個相當重要的關鍵。如果我沒弄錯的話，這件案子其實隱藏了某個不為人知的真相。」

海德爾一說出這句話之後，整間教室立刻安靜下來。

「雖然這件案子的動機、詭計以及凶手的真實身分都已經清楚了，但還是有三個問題沒有解決。

首先，如果凶手有能力替自己準備好不在場證明，那就表示他也有足夠的時間去準備凶器。既然如此，為什麼凶手要使用徒手勒死對方的方式來作案？

還有，凶手想擾亂辦案的方式有很多種，為什麼要特地把屍體搬到十樓以上的高處再往下丟棄？凶手真的有必要花這麼多力氣，冒著被人發現的風險去做這種事情嗎？

最後一個問題則是，為什麼凶手會犯下這起連續強盜殺人案？瑟雷利亞已經幫葛里摩斯付了足足兩年的卡債，而且以後顯然還會再繼續付下去。既然過去兩年都相安無事，為什麼他會突然想要犯案？是他直到最近才敲定完整計畫，還是有什麼特別的原因呢？」

「不知道啊，你問我們要幹什麼？這不是你要報告的內容嗎？趕快講出來給大家聽，我們正等著聽你回答！」

黑龍教官不耐煩地對狼人催促道。

「呃，對不起，我只是想先說明一下到底有哪些問題而已，這樣大家聽得比較清楚。」

海德爾先補上最後一句，然後重新開始他的推理。

「解開謎題的關鍵仍然在這些登記簿上，準確的說，是在案發第一天的那一頁裡面。」

說到這裡，海德爾給了托魯塔一個暗示的眼神。托魯塔見狀，也微微挑起兩條虎眉，表示他注意到海德爾正準備說出最後一段推論了。

海德爾將剛剛展示過的登記簿重新拿起來，用手指點著表面說道：「請大家仔細看一下，這次的案件是在四月八號、四月二十一號和五月七號發生的。雖然二十一號和七號的記錄都有被凶手動過手腳，但是四月八號那一天卻沒有任何修改過的痕跡，這不是很奇怪嗎？

會出現這種情況的可能性只有兩種：一種是凶手使用了其他的詭計，另一種是案發當天的記錄確實沒有被修改。

如果凶手一開始使用的是其他的詭計，那他之後兩次犯案時，應該也會用同樣的手法才對。當時的外在條件跟限制都沒有任何變動，凶手實在沒必要浪費力氣去想其他的詭計。所以，第一種可能性暫時可以先排除。

可是，如果第一天的記錄並沒有被修改過的話，那就表示葛里摩斯當時真的沒有去上班，而瑟雷利亞也確實擁有不在場證明。有不在場證明的人當然不可能犯案，但瑟雷利亞的確是凶手沒錯，這點由二十一號和七號的打卡記錄就可以看得出來。雖然是凶手卻有不在場證明，這種事情有可能出現嗎？

當我想到這裡的時候，我又想起第一件命案發生時，治安隊曾經將被害者的一位鳥獸人朋友當成主要嫌疑犯。後來因為發生第二起案件，治安隊就排除了他的嫌疑，並且朝連續殺人的方向進行偵辦。如果把這些事情聯想在一起，剛才那些問題就全部都可以得到解答了。」

聞言，托魯塔似乎終於明白海德爾到底想說什麼了，因此臉色也變得越來越難看。

「也就是說，第一起事件的凶手並不是瑟雷利亞，他是後來才出現的『模仿犯』。而他之所以會堅持徒手勒斃被害者，還有把屍體搬到高處丟棄，全都是為了維持案件的一致性，好讓治安隊認為這三起事件是同一嫌犯所為。因為治安隊當初是以仇殺的方向進行偵辦的，如果能這樣繼續保持下去，治安隊就永遠查不到他頭上。就算治安隊往後真的查到自己身上，他也可以藉著第一件案子的不在場證明來脫罪，這就是導致瑟雷利亞決定犯案的契機，也是凶手每次都要從高處拋棄屍體的原因。」

這次的推理又再度激起了同學們的求知慾，不過教官在大家舉手發問前，第一個開口對海德爾問道：「照你這麼說，第一件案子的凶手到底是誰啊？」

「關於這個問題，我想治安隊一開始抓到的那位鳥獸人，應該就是真正的凶手沒有錯。當時他大概是想要去找死者復合，但是死者不願意，所以他就在一時衝動之下勒死了對方。當他發現自己殺了人以後，也拼命地想幫自己脫罪。所以就把死者的財物都拿走，然後將屍體搬到其他地方丟棄，好讓這案子看起來像是強盜殺人。結果瑟雷利亞後來開始模仿他作案，他也因此幸運地擺脫嫌疑。」

「如果他想把這件案子偽裝成強盜殺人的話，為什麼要把屍體從好幾層樓的高處丟下來呢？我們就是因為這一點，才會一開始就覺得這是情殺或仇殺。」

托魯塔跟著問道。

「那純粹是意外而已。既然他是個鳥獸人，當然會想說用飛行的方式來搬運屍體比較保險，因為很少會有人想要突然抬頭往天空看，而且從地上也很難分辨天上的人到底是不是屍體。但是我們平常要背著一個人走路就已經很辛苦了，更不用說是帶著屍體一起飛。結果他在搬運屍體的途中，不小心讓屍體從空中掉到地上，還引起了路人的注意，當然就只好這樣丟著不管了。」

「等一下，當初新聞報導的時候，只說凶手是殺人後棄屍，並沒有說屍體是從十樓以上的高度被丟下來。如果這三起命案總共有兩個凶手的話，不可能會抓得這麼準吧？講義上也說過這個消息沒公開啊。」

坐在教室中央的黑毛犬獸人舉手問道。

「因為……治安隊員也會去牛郎店啊。雖然規定上是不可以，但還是有些不守規矩的人會偷偷跑去。過去不是曾經發生過治安隊員跑到牛郎店去，結果未公開消息因此外洩的事情嗎？凶手只要找個口風鬆一點的隊員，應該可以設法套出完整的內幕，也就能夠進行模仿了。」

海德爾將目光瞄向托魯塔，托魯塔顯然也知道他是在暗示自己第一天所遇到的那個隊員，因此不好意思地低下頭來。

聽完這段話，大家似乎也都沒有什麼特別的問題了。海德爾看看教室裡的其他同學，確定沒有人打算再舉手之後，便說：「沒有人想再問其他問題了嗎？那麼我的報告就到此結束，謝謝大家。」

12

「搭乘八龍航空九一九號班機，上午七點三十五分往獸城的旅客，請由六號門登機。」

廣播結束後，海德爾先抬頭看了一下時鐘，接著靠回塑膠椅上。

今天是海德爾要從八龍城回到約克市的日子，雖然他搭的是早上八點鐘的飛機，不過因為要提前半小時報到的緣故，所以他七點十五分就已經來到機場。現在報到手續已經辦完，他便坐在椅子上等待時間流逝。

「嘿，嘿，太好了，你還沒有走。」

一個熟悉的聲音從後面傳來，海德爾回頭望去，發現托魯塔邊揮手邊朝他的方向跑過來。

「你怎麼會跑到這裡來？今天不用上班嗎？」

海德爾驚訝地問。

「哈，因為我當初多請了一天假，所以今天也可以繼續休息。而且你都已經要回去了，我當然得來送行啦，都還沒機會跟你抱怨呢。」

托魯塔在海德爾身旁的位置坐下來，露出調皮的笑容說道。

「你的長官有說什麼嗎？」

海德爾有些不自在地動了動身體，把尾巴夾進椅縫裡面。

「沒什麼，我只是被他罵得狗血淋頭，還被記了一個小過，而且我現在也得跟著寫檢討報告了……不過我並不是在怪你。相反的，我還要跟你道謝呢，至少這次我可以確定自己不會錯抓無辜的人了。」

托魯塔聳聳肩。

「你又還沒有開始重啟調查，現在說道謝會不會太早了一點？也許我的推理是錯的也說不定呢。」

海德爾謙虛地說。

「哈哈哈，不會啦，你連細節都說得那麼清楚，要是再錯就太沒道理了。」

托魯塔先是哈哈大笑幾聲，接著有些慚愧地表示：「不過，在你還沒說出那些事情之前，我甚至沒懷疑過這整件案子。雖然我也有檢查證據和證詞，卻沒發現那其實都是凶手事先設下的陷阱，真是丟臉。」

「我只是運氣好而已，如果今天把我們的立場倒過來，說不定我也會掉進同樣的陷阱裡。」

「不可能的，因為你和我對於案件的執著程度完全不同。我看得出來，你把全部的精神都放在破案上了，就算會因此而得罪長官也在所不惜，這一點我根本比不上。」

托魯塔把自己的身體往椅背上靠，然後又對海德爾說：「不過我還是有點不太明白，你在還沒有弄清楚登記簿的詭計以前，就已經知道凶手的身分了吧？你那時候又沒有確認過登記簿上的簽名，為什麼能肯定瑟雷利亞是凶手呢？光憑著他知道有犯罪計畫書這點……」

「當然是因為有其他的依據嘍。在我問到葛里摩斯的生活作息時，我就已經確定瑟雷利亞和這件案子脫離不了關係了。」

「為什麼？」

托魯塔露出困惑的神情。

「你想想看，瑟雷利亞不是每天都會和葛里摩斯一起去上班嗎？如果真的是這樣，為什麼第一個發現屍體的人不是瑟雷利亞呢？既然他知道葛里摩斯每次只休息一天而已，看到他第二天也沒有出現，難道他都不覺得奇怪嗎？」

「啊！這麼說來的確……」

「不管個性再怎麼遲鈍，看到每天都出現的人忽然不來了，一定也會覺得不太對勁吧？但是實際上，葛里摩斯的屍體卻是放到四、五天之後，都已經開始腐爛了才被人發現。這要不是因為瑟雷利亞很討厭葛里摩斯，因此根本不想去探究他為什麼沒來上班；就是他早已發現了屍體，只是故意悶不吭聲。」

「天啊，聽你這麼一說，案情好像都很明顯嘛，為什麼我都沒有注意到？」

托魯塔先是不可置信地搖搖頭，接著又嘿嘿笑了起來：「嘿，早知道你這麼厲害，我就拿那些還沒破的案子來跟你討論了。你下次什麼時候還會再來啊？出發前記得先通知我一下，我才有時間去把以前的舊檔案給調出來。」

「這個……我也不知道會是什麼時候。平常我都沒有參加這種講習，這次會來也是因為被長官指派，也許以後沒機會了也說不定。」

「是嗎？真可惜。」

「搭乘八龍航空六二六號班機，上午八點五分往約克市的旅客，請由三號門登機。」

聽到廣播聲響起，海德爾立刻從椅子上站起來，托魯塔也跟著他起身。

「好了，我也差不多該走了，以後有機會再繼續聊吧。」

海德爾一邊拿起行李，一邊微笑著朝托魯塔伸出右手。托魯塔也報以同樣的笑容，回握的力道幾乎要讓人發疼。

「上了一個禮拜的講習，就你在最後一天講的那一段最精采。如果以後有機會的話，希望你也能來我們這裡當授課教官。」

托魯塔對他眨眨眼睛。

「謝謝你的讚美，不過我會的都只是些很基本的東西，大概沒什麼機會可以當教官。好了，我真的該離開了，你也回去休息吧，這幾天多虧你的關照了。」

說完這句話之後，他們便互相揮手道別，接著轉身踏上各自的歸途。

新・
小紅帽

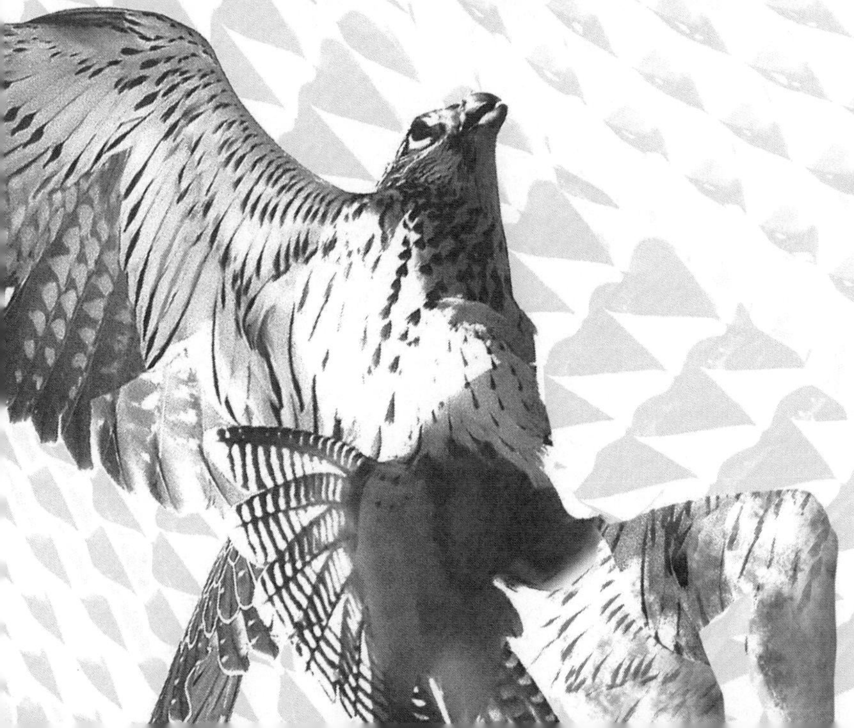

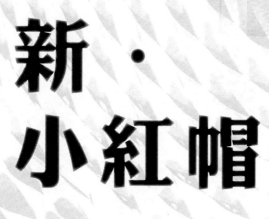

這篇故事原本想用來投野翠文學誌的第三期徵稿，而當期的主題是「童話重構」，但是因為沒有好的構想，所以就暫時擱置，直到後來看到幼獅文藝的類型文學徵文獎才開始撰寫。

由於參賽作品限定在六千字以內，因此無法寫太複雜的詭計，而小紅帽的故事本身就用了身分互換的詭計，所以我把它改寫成現代版本，接著將故事結構倒過來，變成大野狼從獵人手中救了小紅帽。然後最外面再多包裝一層，將小紅帽為什麼是小紅帽的理由帶入推理，好讓故事更豐富一點。

獵人這個職業已經不符時代了，所以我就把他換成園丁。至於關鍵的壞狼就由他的妻子來擔任，畢竟女人裝扮成女人總是比較簡單。最後，為什麼大野狼假裝成奶奶卻沒有被小紅帽發現？這個問題在獸人世界裡很容易解決，因為奶奶也是狼人嘛！

因為六千字完成還蠻有成就感的，所以修稿的時候，我只稍微加了一點點的細節，好讓篇幅維持在六千字內，要是覺得有點短就請多包涵了。

1

「真是要命，居然在這裡給我拋錨……」

雷比提一邊抱怨，一邊踩著機車的引擎踏板。

他焦急地四處張望，想看看有沒有路過的人可以幫他，但這裡是一條荒涼的偏僻道路，放眼望去沒半個路人，也不知道什麼時候才會有車子經過。而他的手機又湊巧在這時候沒電，連打電話求救都沒辦法。

「天哪。」

在頭頂的大太陽照射下，這個穿著紅色連帽衣的白兔獸人一下子就累得汗流浹背了。就在雷比提打算稍作休息時，一輛機車奇蹟似地從他的後方出現，於是雷比提立刻揮動雙手，將對方給攔下來。

「有什麼事嗎？」

看見對方停下車子，雷比提頓時鬆了一口氣，他連忙對那位穿著短袖襯衫的狼獸人解釋：

「對不起，我的機車突然壞了，能不能麻煩你載我一程？」

「你要去哪裡？」

狼人朝停擺的機車看了一眼後問。

「我要去雷頓莊園，它就在……」

「喔，我知道那個地方。」

狼人稍微想了想，接著點點頭說：「上來吧。」

「太好了，請等一下，我拿樣東西。」

雷比提把一個提籃從機車置物箱裡拿出來，挪到狼獸人的置物箱裡，然後便跨上機車的後座請對方出發。

「你是在那裡工作的人嗎？現在買完東西準備要回去？」

狼獸人一邊騎車，一邊頭也不回地問道。

「不是，我是要去探望我奶奶。」

「你奶奶？那位有錢的雷頓老太太是你奶奶？」

狼人嚇了一跳，機車也跟著左右搖晃兩下。

「你認識她？」

雷比提疑惑地反問。

「不認識，不過我知道那座莊園的主人是誰。我還以為她獨居是因為沒半個親戚，原來有小孩啊？」

「跟沒有也差不多啦，她跟我們這些親戚早就斷絕往來了。」

「為什麼？」

「這說起來也不是什麼了不得的事。」

雷比提輕嘆口氣，接著開始進行敘述：「我奶奶現在住的地方，是爺爺年輕時買來送給她的結婚禮物。由於那個年代並沒有照相機，而我爺爺過世前又沒買什麼紀念品，所以唯一能留給奶奶回憶的東西，就只剩下那座莊園了。

有一次遇到強烈颱風，把整座莊園吹得亂七八糟，就連牆壁和屋頂也有好些磚塊和水泥掉下來。雖然可以重新整修，但是因為房子實在是太老舊了，再加上每年都要花不少錢對莊園進行維護，所以我父母和其他親戚就趁這機會勸奶奶放棄那裡，結果奶奶不願意。而當大家進一步指出房子早已不適合居住，不如再買一座新的莊園時，奶奶就大發脾氣，把所有人都趕出去了。」

「然後呢？她這樣就跟你們斷絕往來了？」

狼人此時開口問道。

「對啊，雖然我已經不太記得奶奶長什麼模樣了，不過對於那一天的情形倒還有不少印象。」

雷比提雙眼迷濛地盯著狼人脖子上的藍色毛皮，同時回憶起過去的情景。

「那時候我才五歲，就親眼看見古裝劇裡才會有的逼宮場景——全家人圍在奶奶身邊，輪流說出她的堅持為什麼是錯的。奶奶則一直奮力抵抗，最後終於忍不住爆發出來，像隻大野狼一樣對大家尖聲咆哮——順帶一提，我奶奶跟你一樣是狼獸人，而我的白兔血統是爺爺傳下來的。然後又跑去拿掃把，一面追打叔叔姑姑跟我父母，一面罵說既然他們不要這棟房子，以後就不准再踏進這個家，也不要打電話給她，因為她絕對不會接。

在那之後，奶奶就真的沒有再和其他人連絡了。不僅如此，她還把我父母幫她找來的清潔公司、以及我叔叔找來的園藝公司通通解約，然後自己從外面請來一對跟她同種族的狼人夫妻擔任管家與園丁，好藉此宣示那棟房子跟這些不肖子女已經毫無瓜葛。」

「做得這麼澈底啊，那……既然她都已經不跟你們來往了，你怎麼還會想要去探望她？不怕被她趕出去？」

狼人的耳朵動了兩下，隨後讓機車往旁邊一拐，閃過地上的樹枝。

「不會啦，因為是奶奶打電話叫我到這裡來陪她的。她說她覺得自己最近身體不太好，而且又聽說附近有其他獨居老人在家裡被強盜攻擊的事情，所以希望我今天能到莊園去看看她，這樣她會比較安心一點。」

「奇怪，我知道兩年前有發生過這件事情，不過最近沒聽說啊。」

「這我也不清楚，反正奶奶是這麼說的。老人家嘛，總是喜歡想到什麼就叫人家去做。你看我身上這件衣服，就是奶奶前幾天特地寄過來的，還叫我今天一定要穿這件，然後再順便幫她買一瓶紅酒跟一條麵包，裝進竹籃裡帶過去，真搞不懂為什麼要弄這麼麻煩。」

「難怪，我還在想這種天氣你穿有帽子的衣服，不會覺得太熱了嗎……原來是你奶奶要求的啊。」

狼人說完，突然把機車的行進速度放慢，接著靠向路邊停了下來。

「不好意思，我要去打個電話。你先下來等我一下，很快就好。」

雷比提從機車後座下來，看著狼人把車子架好後走到一旁，從口袋裡拿出手機開始撥號。當他開始和對方交談時，雷比提好奇地豎起耳朵偷聽，想知道是什麼事情那麼重要，不能等他們到了之後再打。可惜狼人的講話聲音太小了，只能隱約聽見「雷頓莊園」和「見機行事」這兩個詞。

大約過了五分鐘，狼人總算講完電話，於是他們又繼續剛才的旅程。沒多久狼人就把雷比提送到莊園門口，接著迅速掉過頭，往市區的方向前進。

2

「你好，老夫人就在屋子裡面，她一直在等你。」

雷比提才剛踏進大門，正在修剪樹木的園丁就向他打聲招呼。雷比提向他點頭示意，然後順著步道走入屋內。坐在客廳的老狼人一看見雷比提，立刻站起身上前迎接。

「唉喲，終於來了，奶奶已經好多年沒看到你了。」

奶奶一邊笑容滿面地招呼雷比提，一邊要他把手上的東西放下來。然後站在兔獸人面前，仔仔細細地打量他。

雷比提沒想到奶奶居然會這麼熱情，佈滿白毛的臉一下子就泛紅起來。他害羞地回看著奶奶的臉，想從對方身上找尋過去的記憶。

「現在都長這麼大了，怎麼樣，最近過得還好嗎？」

「還不錯啦，不過奶奶，妳的眼睛怎麼好像變大了？我記得妳的眼睛以前小小的，而且又很細，看起來好像總是瞇著一樣。」

「對啊，就是因為以前眼睛都瞇在一起，所以奶奶去動了手術，現在眼睛變得比較大就看得清楚了。來來來，不要一直在這邊站著，先去坐下來吧，奶奶拿點心給你吃。」

不知怎麼地，雷比提覺得奶奶剛才好像有一瞬間顯得不知所措。他一屁股坐在沙發上，看著奶奶從櫃子裡拿出一個裝滿餅乾的塑膠桶，用一隻手抓住頂部的蓋子慢慢轉開，最後再把整桶餅乾遞給自己。

「我記得你小時候最喜歡吃這種餅乾了，對吧？來，多拿一點。」

「謝謝奶奶。」

雷比提從罐子裡拿出一片餅乾放進嘴裡，接著疑惑地問：「奶奶，妳的手是不是也變大了？我記得妳以前開這個罐子的時候，都是把它放在兩腿中間，用兩隻手捧著蓋子來旋轉，怎麼現在一隻手就能抓得起來？」

「啊？唉……這也沒辦法啊，你們現在都已經不在這裡了，奶奶什麼事情都得自己動手去做，久了以後手自然就跟著變大嘍。」

「可是妳不是有請管家嗎？難道他們都沒有幫妳？」

「當然有，只不過有些事情還是得奶奶自己去弄才行。先別提這個了，奶奶有件事情想跟你說。」

奶奶先是擺擺手，表示不要插嘴，隨後又繼續對兔獸人說：「你也知道，最近治安不太好，而且奶奶現在年紀大了，說不定哪一天身體就不行了，所以奶奶已經先立好了遺囑，這樣就不怕有什麼萬一了。」

「喔。」

雷比提反應冷淡地應了一聲。

「奶奶先偷偷告訴你，我有在裡面給你留一些錢，到時候看你要拿去做什麼事情都可以，這可是其他人都沒有的喔。」
「呃……奶奶，現在講這個會不會太早了一點？而且我剛剛想到，我忘記打電話給道路救援的人了。我的機車現在還拋錨在半路上，要叫他們幫忙把車子拖回去修理才行。」
雷比提邊說邊從沙發上站起來。
「你的車壞了？那你是怎麼過來的？」
奶奶的表情突然變得十分擔憂。
「我請路過的人幫忙載我一程。」
「這樣啊，那你趕快去吧。」
雷比提走到電話旁邊，翻了翻電話簿之後開始撥打電話。突然，他發覺遠方似乎有道亮光一閃，便轉頭朝窗外看去。只見莊園外的樹林裡站了一個穿著休閒服的灰毛犬獸人，正拿著望遠鏡四處抬頭眺望，大概是在觀察野鳥吧。
等雷比提掛上話筒的時候，奶奶已經把他帶來的麵包切成小片，還拿了一瓶果醬跟奶油刀放在桌上。
「這些麵包你自己看要吃多少，剩下的奶奶再和紅酒一起拿去做菜，你就吃過晚餐再回去吧。」
「既然要用來做晚餐，整個拿去不是比較方便嗎？」
「沒關係啦，奶奶也剛好有一點餓了。」
奶奶一邊說著，一邊把塗上果醬的麵包放進嘴裡。

雷比提仔細看著奶奶的臉，接著皺起眉頭問：「嗯？奶奶，我記得妳不是因為臉部受傷的關係，嘴巴張太開就會痛，所以東西都只能小口小口的吃嗎？怎麼現在嘴巴可以張這麼大了？」

「啊……那是奶奶想說眼睛既然都治好了，乾脆嘴巴也一起動手術，所以奶奶就可以正常吃東西了。」

「可是妳就是因為嘴巴受傷去動手術，結果開完刀後神經受損，才會引發張嘴就痛的後遺症啊，妳那時候還跟我說這是治不好的。」

雷比提滿臉疑惑地反問道。

「呃……嗯，哈哈，反正就是看醫生治好了嘛。」

奶奶此時發現她的手還舉在半空中，做出正要把麵包放入口中的姿勢，於是趕緊把手放下來，同時趁勢將麵包放回盤子裡，然後站起來說：「好了，奶奶差不多該去弄晚餐了，你先自己看一下電視。」

看見奶奶的行為舉止如此怪異，兔獸人的警覺心也跟著提升到最高點。他把所有疑問全部聚在一起，不斷為它們找尋各種答案，直到某個念頭毫無預警地蹦了出來，並在最後轉變為某種假設為止。

「奶奶，妳把爺爺的照片收在哪裡？爺爺去世那麼久，我都不記得他長什麼樣子了，妳能不能拿來讓我看一下？」

雷比提盡量保持原先的音調問道。

「我不記得把它收到哪裡了耶。」

奶奶轉過身來，一臉無奈地看著他說：「不然這樣好不好，我今天晚上有空的時候，會花時間去找找看，等你下次過來的時候，我再把它拿給你。」

「不用麻煩了，因為根本找不到的。」

雷比提從沙發上跳了起來。

「如果妳真是奶奶的話，怎麼可能不知道爺爺根本沒有留下半張照片？妳到底是誰？為什麼要假裝成是我奶奶？」

「嗄？你在說什麼啊，我當然是你奶奶。」

奶奶驚慌地尖叫了一聲，然後急忙替自己辯解道：「唉呀，那是奶奶最近老糊塗了，常常忘這忘那的，連你爺爺有沒有照片都搞不清楚了。」

雷比提發現奶奶朝他這邊走過來，便不自覺地退了一步。

「本來就沒有的東西，怎麼可能會搞不清楚？而且妳身上那麼多地方都跟奶奶不一樣，不然我打電話叫我爸媽過來，看他們認不認得出妳是誰。」

就在雷比提轉身的那一刻，奶奶突然從他身後撲過來，將他壓倒在地上。還用手掐住兔獸人的脖子，勒得他幾乎無法呼吸。

「怎麼回事？」

園丁聽到屋子裡傳出打鬥聲，於是立刻衝進來查看，他一看見奶奶勒住雷比提的模樣，立刻嚇得放聲大叫：「你們在幹什麼？」

「救命……救命……」

雷比提好不容易擠出聲音向園丁求救，奶奶卻在此時向對方說：「他要打電話叫人了，你趕快來幫忙！」

「唉，妳到底在搞什麼鬼啊？準備這麼久，居然這麼快就被拆穿。」

對方不耐煩地嘆著氣，走過來幫忙壓住目瞪口呆的雷比提，好讓奶奶可以騰出雙手，從口袋裡拿出繩子來綁住兔獸人的雙手跟雙腳。

「放開我，你們把我奶奶怎麼了？」

雷比提被綁得完全無法動彈，只能扭動身體，做出毫無意義的掙扎。

「不用緊張，你很快就會跟她在一起了。雖然這樣就少一個證人，不過我們還是可以照計劃行事。」

正當園丁從奶奶手中接過另一條繩子，綁在雷比提的嘴巴上時，門外突然傳來一聲吆喝，吸引了他們的注意。

「不准動。」

一群穿制服的巡守隊員紛紛湧進屋子，拿槍指著屋內的人。雷比提努力轉頭看去，赫然發現站在他們正中央的，居然就是剛才送他到莊園的狼獸人。

狼人緩緩走到雷比提面前，從口袋拿出證件對他們說：「我是約克巡守騎警隊的分隊長海德爾，擔任管家和園丁的狼人夫妻，你們兩個被逮捕了。」

3

「原來你是巡守隊的，怎麼會這麼剛好趕過來？」

雷比提一恢復自由之身，立刻迫不及待地詢問海德爾。

「不是剛好，我們已經在外面待命很久了。我騎車中途不是有停下來打一通電話嗎，就是在通知其他人趕來這裡。」

「咦？這麼說，你當時就已經知道這裡出事了？」

「差不多。」

「隊長，我們找到雷頓老太太了。她沒事，只是手腳和嘴巴都被綁起來，關在閣樓裡。」

一位隊員從樓梯上跑下來，走到海德爾面前報告。

「我知道了，你們先看看她有沒有受傷，然後就準備收隊吧。」

海德爾朝他點點頭，接著轉過來對雷比提說：「你去看看你奶奶吧，我們也差不多該回去了。」

「等等，你能不能先說明清楚，你是怎麼判斷出這一切的？」

雷比提伸手攔住對方。

「好啊。」

海德爾晃晃尾巴，開始說明他的推理。

「首先引起我注意的，就是你那身怪異打扮。你穿著紅色連帽衣、又拿著裝有紅酒與麵包的竹籃，看起來簡直跟故事書裡的小紅帽一樣。再加上你說這是奶奶的要求，我就認為這裡面大有問題。

衣服的部分先不提，你奶奶家裡明明有管家，卻特地叫你去買那些東西，很明顯就是別有用心。考慮到你五歲之後就沒見過奶奶，我大膽推測這是因為你奶奶也同樣不知道孫子長大後的模樣，又不想讓你知道她不認得你，所以刻意叫你帶著那些東西以利辨識。

但這又衍生出了新的問題，如果怕認錯人，只要開口問就好了。認不出多年不見的孫子是理所當然的，為什麼要用這種方式來隱瞞呢？況且，這最多也只能讓人產生『奶奶還記得我』的感想而已。

想到這裡，我突然發現到另一種可能性。也就是——這個奶奶說不定是別人假扮的。她為了取信於你，才用這種方式來加深自己是你奶奶的印象。不過我不確定這項猜測是否正確，所以只能叫大家先在外頭待命，並讓一位隊員躲在樹林裡用望遠鏡觀察，然後再見機行事。」

「原來那個賞鳥的也是巡守員啊。」

雷比提朝窗外望了一眼，接著進一步追問：「可是，他們假扮成我奶奶到底想做什麼？他們好像有一個計畫……」

「事到如今，他們大概也不會承認了，不過我應該猜得到……先問一下，那個假扮成你奶奶的人，有沒有提到關於遺產或是遺囑之類的事情？」

「有！她說她不久前已經立好了遺囑，你怎麼知道的？」

「還記得你提到過，那個冒牌奶奶擔心自己的安危嗎？如果只是要把你叫過來的話，直接說想見孫子就行，沒必要特地撒謊。但如果她是在打預防針，讓你們對奶奶的去世做好心理準備的話，一切就能得到合理解釋了。

老人家過世後能得到的東西，當然就是遺產。但他們並非家屬，所以一定得透過遺囑才有機會分到錢，綜合以上各點，我猜他們的計畫是先逼你奶奶寫一份遺囑，把財產留給他們，然後再偽裝成她是被闖進家裡的強盜殺害。

當然，家屬一定會對遺囑提出抗告，所以他們想額外做個保險，也就是假扮成奶奶把你叫過來，利用你來證明奶奶生前神智清醒，而且自願寫下遺囑。雖然冒牌貨跟你真正的奶奶長得不太一樣，不過還是有很多方法可以掩飾，把屍體燒掉或丟進水裡都行。

只要有你這個證人在，遺囑就比較容易站得住腳，而法官也會判定一個和親戚斷絕往來的老人，確實有可能把財產留給服侍自己多年的人。」

「這些全是你在騎車的時候想到的？」

雷比提訝異地瞪大眼睛。

「是啊。不過，要不是因為你奶奶用害怕強盜的理由把你叫來，我本來還不見得會懷疑他們的。」

海德爾一面說著，一面搔搔自己的額頭。

「為什麼？因為你覺得狼獸人不應該那麼膽小嗎？」

「不是，是因為兩年前真的發生強盜案的時候，她都沒跟你們聯繫，現在只不過是虛驚一場，她卻特地叫你趕過去，我怎麼想都覺得其中有詐。」

換毛風波

這是我投稿第一屆野翠文學誌，並且得到首獎的作品。因為當時的徵文主題是「換毛」，所以詭計內容也是以此來設計。由於野翠文學誌的字數上限是一萬五千字，因此這篇故事跟開頭兩篇比起來短了一點，但比上一篇要長一些。

我想，這篇所使用的手法，應該可以算是所謂的「獸人」詭計了吧。雖然我也希望能多創作出這類詭計，但單純以種族為主題來設計其實非常困難（即使是被稱為密室之王的卡爾，也很難設計出美國人專屬的密室吧），只有在限定出某些更具指標性的題目的時候，才比較有可能激發出特別的靈感。

因為這次的事件比較簡單，所以偵探就讓志狼來當，給他機會表現一下。至於主角是由亞格奇而不是犽鎧洛來擔任，除了在個性上比較適合之外，也是因為我想把他發展成一個系列，偵探由誰來當都不一定，但基本上都是無犯罪或日常推理。不過這個部分還在醞釀中，所以可能要等很久才有機會出現。

1

「我的媽呀，拜託你不要再撥你的毛了啦。弄得滿屋子都是狗毛，我的鼻子都快受不了了。」

一隻渾身薑黃短毛的狼獸人重重嘆著氣，對房裡的另一個人大聲說道。

「對不起啦，但你也知道現在是我的換毛期，根本不可能不掉毛啊。」

那位有著雪白色毛皮的犬獸人一邊回應著對方，一邊用手繼續撥弄著身上那些長達五公分的白毛，讓這些白毛又掉了不少。

「你都知道是換毛期，還故意去撥它們，讓它們一直拼命掉。掉了你又不把它們清乾淨，就這樣一直積在屋子裡，是想留給我來清嗎？」

「反正清了也是會繼續掉，乾脆等換毛結束後再一次清就好了。放心啦，我會負責的，不會那麼沒良心留給你去清。」

「好啦好啦，你會處理就好。」

狼人無奈地用手在鼻子前面搧了幾下，然後回過頭繼續看他的電視。

這個狼獸人的名字叫做亞格奇，而另一個犬獸人的名字叫做艾塔藍特，他們都是約克音樂學院的學生。至於他們現在所住的這個房間，則是約克音樂學院附設的學生宿舍。

儘管宿舍的房間又小又擠，還附帶一位每年都會掉毛的室友，但亞格奇卻從來沒想過要搬走。因為他跟艾塔藍特都是從外地來的，想上學就只能租房子或住在學生宿舍，而約克音樂學院又是世界知名的一流大學，每年都有不少外地學生想進來報名就讀。在大量學生的競爭下，宿舍自然也變得一房難求。因此，除非遇到什麼情非得已的事情，不然住在宿舍的學生都不會放棄自己的房間。

「說真的，你最近這幾個月的毛病很多耶。之前是長皮膚病，再之前是被跳蚤咬，甚至連心絲蟲病你都能得到，你是放假的時候跑去垃圾場裡面打滾，還是被什麼瘟神附身了？」

節目進入廣告後，阿奇轉身對艾塔藍特說道。

「拜託，只不過是生幾場病而已，幹麻說得那麼誇張。」

艾塔藍特搖搖尾巴，一派輕鬆地回答。

就在此時，一陣敲門聲突然打斷了他們的談話。阿奇走過去開門，發現舍監站在房間外面。

「這是今天新增的宿舍公約，你們趕快看一下，然後簽名交給我。」

舍監面無表情地說完後，把手上的記事板和原子筆遞給阿奇。

「又有新規定了？這次又加了什麼東西？」

阿奇一邊碎碎唸著，一邊低下頭看著手上的記事板。

由於住宿的學生總是能做出一大堆難以想像的怪異事情，因此學校只好訂出一條又一條的住宿公約。如果有人違反規定的話，下學期就會被趕出宿舍。

每當公約更新的時候，舍監都會親自把記事板拿到每個房間去，讓大家看完以後在上面簽名，這樣一來，大家就不能說自己不知道新規定了。而這份所有人都簽過名的文件會在影印後保留起來，影本則公佈在宿舍前的公佈欄上。

阿奇迅速翻了一下文件，看到前面那一連串他早就會背的老掉牙規定：不要在走廊上吸菸，不准養小動物，不要把私人物品放在公共區域，不能在牆上挖洞或釘釘子，晚上九點半以後禁止大聲喧嘩，不准將女生帶進男生宿舍……他一直翻到最後一頁，才看到這一次的新規矩——不要在宿舍裡煮氣味濃厚的草藥。

「還好，對我來說沒什麼差別。」

阿奇在下方的空白欄位裡填進自己的名字，然後把記事板交給艾塔藍特。艾塔藍特也朝最後那頁瞄了幾眼，接著挑了挑眉毛，不發一語地簽名。

等到舍監把記事板拿回去，開始敲其他房間的門時，阿奇才把身上的紅色背心脫下來，然後說：「好了，差不多該去上課了，你也趕快換衣服吧。」

「你自己先換吧，我等一下還有點事情，晚一點才會去。」

「喔。」

平日翹課成性的阿奇一聽就知道對方有什麼打算，因此意會的點點頭，沒有再多問什麼。

2

「哈嘍，阿奇。」

亞格奇一走進教室裡，一隻身材瘦小、頂著一頭白色頭髮以及水藍色皮毛的狼獸人立刻熱情地向他打招呼。

「嗨，鎧洛。」

阿奇也對狼人揮揮手，走到他旁邊的座位上坐下，然後說：「嘿，今天吹的是什麼風啊，你居然會乖乖地到學校上課。」

「沒辦法，被我哥抓到了，想不來學校都不行。」

犽鎧洛搔搔自己的狼毛，有些無奈地回答。

「有沒有那麼委屈。」

阿奇哈哈大笑。

「你還笑，等一下你就笑不出來了。」

鎧洛鼓起腮幫子，雙目圓睜地對阿奇說：「我哥說他今天晚上要到宿舍那邊去看看你的狀況，所以你最好在他來之前把房間整理好。嘿嘿，這次你最好把皮繃緊一點，上次克狼哥打電話來跟我哥說，要是他看到你的房間再這樣亂七八糟又不打掃的話，就要扣你的零用錢。」

「什麼?別開玩笑了，我的室友正在換毛耶，根本不可能弄乾淨嘛。」

「那就沒辦法了，真可憐，看來這次你跑不掉嘍。」

鎧洛幸災樂禍地說。

「什麼什麼?誰在換毛啊?」

一旁的黑貓獸人聽到他們的談話，便好奇地插進來問。

「我的室友啦，這幾天他一直在脫毛，把我們的房間弄得髒兮兮的。」

「等一下，你的室友是艾塔藍特吧，我記得他的換毛期不是七月嗎?現在才五月而已，怎麼就已經開始在掉毛了?」

黑貓疑惑地問。
「我怎麼知道？最近他的毛病特別多，也不差這一件了。」
阿奇聳聳肩。
「是嗎？」
黑貓摸著臉上的鬍鬚，露出若有所思的表情說道：「老實說，我也覺得他最近好像怪怪的。以前他上課從來不缺席，而且也不會隨便亂買東西；現在卻每個禮拜都翹課，還三不五時地跑去大賣場買一大堆零食跟飲料。你們說，這轉變會不會太大了一點？」
「有這回事？」
經黑貓這麼一說，阿奇也想起艾塔藍特確實常從外面把一個裝滿袋裝零食的大袋子拿回來放進衣櫃裡，然後又用不到三天的時間把它們全部吃光。不過他不只是自己吃而已，也會把那些零食分給阿奇或其他人吃，所以體格倒也沒因此而變胖多少。
「當然有啊，而且之前我還看到另一件事情。」
坐在後面的熊獸人此時也湊了上來，顯然是一直在聽阿奇他們的談話。
「前幾天我在外面逛街的時候，看到那個傢伙從約克醫院裡面走出來，我就走上去問他是不是身體不舒服。結果他居然先愣了一下，然後才含糊其辭地點點頭說他感冒了。拜託，這一看就知道是在騙人嘛。」
「會不會是因為他發現自己提早換毛，所以才偷偷跑去看醫生？他就是前幾天開始掉毛的。」

阿奇說。

「哦……這倒是蠻有可能的，可是，有必要偷偷摸摸的嗎？」

「啊，我知道了，一定是艾塔藍特被你們兩個帶壞了。」

黑貓突然敲了一下他的手掌，狡黠地看著阿奇和鎧洛說：「因為他覺得自己的大學生活實在是太無聊了，然後又看你們兩個老是翹課還能過得那麼開心，所以就想說自己也應該要過得頹廢一點，不要再那麼認真去上課。」

「少來了，這怎麼可能？」

鎧洛不服氣地說。

「怎麼不可能？我叔叔以前還跟我說過：『沒有翹過課，算什麼大學生』。說不定他就是覺得自己一點都不像是個真正的大學生，所以現在才會用拼命吃零食和拼命翹課的方式來加以補救。」

「你是說『年輕不要留白～』是吧。」

阿奇連說帶唱地回答。

「差不多。」

「喂，上課了，上課了，教授來了。」

在熊獸人的催促下，阿奇他們紛紛轉回位置上坐好，同時拿出課本，準備上今天的第一堂課。

3

下午五點鐘，最後一堂課的下課鈴聲終於響了。阿奇迫不及待地把東西全部塞回背包裡，和旁邊的同學道別後，拿起背包離開教室。

回到宿舍時，阿奇發現艾塔藍特已經不在房間了。他把背包扔到床邊，心想等到艾塔藍特回來後，一定要叫他馬上把地上這堆狗毛通通清理掉。不過現在得先把其他的東西整理好才行，不然到時候又要被鎧洛的哥哥罵了。

阿奇把丟在床上的衣服一一收起，隨便折一折之後全部塞進衣櫃裡面。然後把書桌上的教科書通通立起來，讓它們靠著牆壁排成一排。並將鋪在床上幾個月都沒收過的棉被攤開來，對折三次後疊成一塊整齊的長方體。

確定能收的東西都收得差不多之後，阿奇用抹布把書桌擦過一遍，還把爆滿的垃圾袋從垃圾桶裡拿出來打包，同時換上一個新袋子。最後他看看手錶，發現時間已經不早後，便提著那包垃圾走出房間，準備到學生餐廳去吃晚餐。

約克音樂學院的學生餐廳就跟美食街一樣，有各式各樣不同的店面。由於價格便宜而且距離又近，因此阿奇經常會待在這裡用餐。

這一次，阿奇買了豬排蓋飯當作今天的晚餐。正當他細細品嘗著一塊炸得金黃香脆的豬排時，一隻滿頭金毛的獅獸人向他打了聲招呼，接著走過來，把手中的餐盤放在阿奇對面的位置上，然後一屁股坐下來。

「我幫你找到一份不錯的兼差了，你可以去應徵看看。這份工作的要求只有身體健康，而且收入多、工時少、還可以在家裡進行喔。」

獅獸人說。

「真的嗎？是什麼工作？」

一聽到有這麼好康的事情，阿奇立刻迫不及待地搖起尾巴。因為阿奇希望自己以後能在大螢幕上發展，所以他都只應徵一些擔任模特兒之類的兼差，好增加自己在平面媒體露臉的機會——而且這類工作的薪水往往比在餐廳打工更高。但這種兼差的機會並不多，而且也不固定，因此阿奇經常請其他同學幫忙尋找類似的兼職工作。

「就是當藥罐子，每天吃藥。」

看見阿奇一臉不解的模樣，獅獸人繼續向他解釋：「約克醫院正在徵求大批志願者，好替他們的新藥物進行臨床實驗。只要通過醫院的體檢，就會從他們那裡拿到一個月份的藥。接下來就是每天吃、每天記下身體有什麼變化，然後每個禮拜再回去醫院給他們做檢查。等到一個月份的藥物全部吃完後，就能領到三萬塊錢。怎麼樣，夠好賺吧？」

「約克醫院？」

這個地名把阿奇白天的記憶給喚醒了，他想起熊獸人曾經說過，艾塔藍特幾天前從這家醫院裡面走出來，而且被發現時神色慌張。

莫非他當時就是跑去做這項兼差？

「你知道我們學校有誰參加過這項實驗嗎？」

阿奇問。

「不知道耶，這個我沒問過，而且參加者的身分他們都會保密。」

「那……你知道這個藥物是用來做什麼的嗎？」

阿奇進一步追問。

「喔，這個我就知道了。根據公告上的說法，這是用來矯正換毛期的。有些人已經該換毛了，身體卻沒有分泌出足夠的賀爾蒙來刺激反應，就需要吃這種藥來進行調整。」

獅獸人點點頭回答。

（原來如此。）

阿奇這才明白，艾塔藍特的換毛期之所以會從七月提前到五月，就是因為他最近正在替約克醫院進行藥物實驗。至於他會想要掩飾，大概是因為這種事情給人的觀感不太好，怕被別人指指點點的緣故吧。

「好啦，反正我消息已經報給你了。宣傳單就貼在醫院的大廳裡，有興趣的話就自己到那邊去看看吧。」

獅獸人說完後，低下頭開始享用眼前的晚餐。

「我知道了，謝謝你啊。」

阿奇向他點頭致謝，然後也用湯匙把一整瓢沾滿醬汁的飯粒送進嘴裡。

4

「奇怪，不是說晚上要過來，怎麼到現在都還沒出現？」

阿奇朝電視裡的時間標示瞄了一眼後，忍不住嘟囔起來。

為了應付鎧洛的哥哥的檢查，阿奇一吃完晚餐就立刻回到房間把澡洗好，也已經催促艾塔藍特把阿奇那邊的狗毛都清乾淨，然後坐在電視機前面等他。他一邊看電視一邊等，等到他都快要睡著了，就是不見對方的身影，讓阿奇覺得有些不太高興。

（如果有事不能來的話，至少也打個電話嘛。）

阿奇檢查了一下手機，確定自己並沒有漏接電話。鎧洛的哥哥犽志狼是約克巡守隊的隊員，偶爾會因為逮捕嫌犯或調查案件等因素而很晚回家——遇到這種時候，探望阿奇的事情自然也會跟著延期。不過他都會事先通知，不會讓阿奇白白等候。既然他一通電話也沒打，那應該會來才對。

就在這時，阿奇的手機突然響了起來。他一看到來電顯示的號碼很陌生，立刻露出困惑的神情，不過他還是按下通話鍵接聽：「喂？」

「阿奇，我是志狼，我現在是借別人的手機來用。」

志狼渾厚的聲音從電話裡傳來。

「志狼哥，你怎麼到現在都還沒有來？」

阿奇嘟起嘴問道。

「對不起，我本來已經打卡準備下班了，但是臨走前卻出了件案子，我就留下來幫忙，結果忘記通知你了。」

志狼帶著歉意說道。

「那你什麼時候才會來，明天嗎？」

「再看看吧，如果明天不加班，我就會過去你那邊。好啦，早點睡覺了，知道嗎？」

「喔……好啦，再見。」

掛掉電話後，阿奇把手機放回原位，接著有些不耐煩地躺到床上。

「怎麼，你哥沒有來？」

剛洗完澡的艾塔藍特此時也從浴室裡面走出來，他打開他那內附電燈的豪華型衣櫃，一股腦兒地把手上那堆髒衣服塞進去，然後也坐在他自己的床上，靠著枕頭看電視。

「沒有，可能明天才會來。」

阿奇懶得糾正對方說志狼不是他的哥哥，不過看到艾塔藍特用毛巾擦拭頭髮跟身體的模樣，倒讓阿奇想到另一件事。

「對了，你吃了那些藥沒問題吧？」

「你說什麼？」

艾塔藍特停下手上的動作。

「讓換毛期提前的藥啊，你正在替約克醫院做藥物實驗，對吧？」

「你發現啦？」

艾塔藍特的表情頓時變得有些窘迫，不過他很快就回過神來，繼續用毛巾擦著身體，並且說：「沒事，目前還沒出現什麼副作用，你不用替我擔心。」

「真的沒有副作用嗎？你剛才洗澡的時候一直都在『喔嗚喔嗚』的叫著，不會是藥吃太多，腦袋壞掉了吧？」

阿奇挑起一邊眉毛說。

「我洗澡的時候一直都是這樣啦，真是的，我們都住在一起這麼久了，你居然到現在才發現。」

「哦……」

阿奇稍微遲疑了一下，然後又問：「我問你喔，如果不會換毛，也可以去當志願者嗎？」

「你也想來賺這種錢？」

艾塔藍特大吃一驚，顯然沒料到阿奇會問這種問題。

「對啊，因為這個月都沒有什麼工作可以接。所以我想，如果這份兼差不危險的話，就來試試看好了。」

「這個你得自己去醫院問了，因為這個問題我也不清楚。」

艾塔藍特站起來，把擦完身體的毛巾掛到衣架上，接著重新躺回床上。

「我要睡覺了，晚安。」

說完，艾塔藍特立刻把眼睛閉上。

不知怎地，阿奇覺得艾塔藍特似乎不太想碰觸這個話題，但是對方既然已經倒頭就睡，他也只能知趣地抓抓頭，把電視機的聲音調到最小。

5

第二天，阿奇一直睡到中午才起床。由於學生餐廳今天要進行全面消毒而沒有營業，因此阿奇走到學校外面去吃午餐，順便前往約克醫院探個究竟。

阿奇的身體一向很健康，來到醫院的次數也屈指可數。因此，當他發現醫院裡居然到處都擠滿了等待看診的病人時，他忍不住吃了一驚，同時想著幸好自己這次不是來看病，不然還不知道要排到什麼時候呢。

阿奇穿過人群來到大廳的佈告欄，從最上面開始尋找藥物實驗的公告，沒多久他就找到了。阿奇仔細讀了一下，發現這實驗從兩年前就開始了，內容則跟獅獸人所說的差不多，而且也沒有聲明不會換毛的狼不准參加。不僅如此，上面還寫著萬一藥物引發任何不適，醫院不但會無償提供完整的醫療服務，還會付額外的錢給當事者。於是他轉身走向服務台，想要問問看現在還能不能報名。

「你想要當臨床實驗的志願者是嗎？」

阿奇一聽到坐在服務台的貓獸人這麼問，立刻點點頭回答：「對，請問我要準備什麼東西？」

「只要有體檢報告就可以了，請問你有最近三個月的體檢報告嗎？」

「沒有。」

「那得請你先去做個體檢才行。後面那邊有體檢的表格可以拿，然後你還需要攜帶兩張一吋照片跟身分證，如果沒有照片的話，門口有一台大頭照的機器可以馬上幫你把照片拍出來。還有，因為體檢的項目包括抽血和驗尿，所以體檢前必須要先空腹八個小時以上，至於抽血的結果則要等兩天以後才會出來。體檢的費用一共是六百元，交資料的時候一起繳給樓下的體檢櫃檯就可以了。」

「等等，我想先問一下，這個藥是用來調整換毛期的對吧？那像我這種不會換毛的，也可以參加這項實驗嗎？」

當貓人終於停止他那連珠炮般的介紹後，阿奇趕緊插嘴問道。

「喔……本來是沒有限制，但是因為之前有太多不會換毛的人跑來報名，所以現在已經不缺這部分的志願者了，不好意思。」

貓人的臉上充滿了歉意。

「我知道了，謝謝你。」

阿奇失望地嘆著氣，心想還好他有進行反覆確認，不然要是糊裡糊塗地跑去體檢，最後卻被人家打回票，那不就白白挨了一針，還浪費錢跟時間。

「嗯？」

阿奇正要離開醫院時，貼在牆壁上的某張海報吸引了他的注意。他盯著那張海報幾分鐘後，整個人都呆住了。那張海報的內容是這樣的：

珍惜生命，遠離「天堂」。

「甜蜜天堂」是最近幾年才發展出來的新型藥物，目前已被政府列為三級毒品加以管制。

吸食「甜蜜天堂」後會產生強烈的快感，也會令吸食者情緒激動，有些人可能會因此做出平常不會做的舉動，例如狂奔、滿地打滾、手舞足蹈、高聲唱歌或尖聲嚎叫。

由於此藥物的效力只能維持短暫時間，因此吸食者必須經常購買大量藥物來滿足需求。而「甜蜜天堂」在吸食後並不會產生幻覺或精神恍惚等症狀，所以就算有吸食也很難被旁人察覺。

長期吸食「甜蜜天堂」會破壞大腦功能，導致吸食者情緒不穩，甚至引發躁鬱症、憂鬱症或精神分裂症等症狀，有些人會因為情緒無法控制，而產生自殘或自殺的行為。

最後提醒您，毒品對身體的危害甚大，而購買毒品的行為也會導致個人及家庭的經濟陷入困境。

不要讓一時的好奇或快感毀了您的人生！請愛惜您的身體及家庭，拒絕毒品的誘惑！

雖然海報上面寫的只是一些單純的宣傳語，但是內容卻讓阿奇震驚到說不出話來。因為他昨天才開玩笑地表示，艾塔藍特的身體出現那麼多毛病，是不是因為跑到垃圾場裡面去打滾……還有晚上洗澡的時候，艾塔藍特也是不斷發出怪異的嚎叫聲……

這些該不會都是吸毒後的症狀吧？

雖然只是猜測而已，但這種可能性似乎是唯一的選項了。最起碼，光憑海報上的介紹，就可以把艾塔藍特過去幾個月的異狀全都解釋清楚。

艾塔藍特這幾個月經常翹課，會不會是因為要去購買毒品呢？因為賣方不願意配合他的上課時間，所以他只好翹課去買。

如果艾塔藍特起初是在垃圾場和別人交易毒品，並且當場「驗貨」的話，那他會在垃圾場裡面打滾也是理所當然的。

至於他在洗澡的時候會發出嚎叫，大概是因為他只有每天洗澡的時候才會偷偷嗑藥吧，這也說明了他為什麼能隱瞞這麼久而不被發現。

還有那些零食……一個原本不花錢的人，突然買了那麼多零食，而且還只吃不到一半，這不就是躁鬱症的症狀嗎？聽說得了躁鬱症的人會拼命花錢，買一大堆根本沒有要用的東西——而那些零食顯然不是因為艾塔藍特想吃才買的，如果不是因為躁鬱症，那他為什麼突然這麼做？

此外，艾塔藍特做這份兼職的動機也很令人懷疑。就阿奇所知，艾塔藍特的生活費是家裡給的，每個月也有固定的打工收入，根本就不缺零用錢。但阿奇先前沒有特別留意，是因為這種錢賺起來很輕鬆，任何行有餘力又願意出賣身體的人都一定會做——除非你嫌錢太多。不過現在想想，說不定艾塔藍特會跑到這裡來賺錢，就是因為缺錢買毒品的緣故。

（怎麼辦，這件事情我應該要保密嗎？）

阿奇不認為這是件可以跟人討論的事情，可是他也不能眼睜睜地看著對方因為吸毒而毀掉自己。阿奇所能想到的唯一方法，就是直接去找艾塔藍特對質，勸他把毒癮戒掉。但艾塔藍特要是不願意接受勸告的話，阿奇也拿他沒轍。如果有某個可以依靠的人來幫忙處理這件事情就好了……

「對了！」

想到這兒，阿奇的尾巴立刻翹起，重重地往自己的屁股上拍了一下。因為他發現這個問題的答案根本再簡單不過：「拜託志狼哥幫忙吧。」

6

叩、叩，房門敲了兩下之後，一隻全身長滿灰毛、穿著巡守隊制服的犬獸人打開房門走了進來。

「嗯？這房間是怎麼回事，怎麼滿屋子都是毛屑在飛？」

志狼一踏進阿奇的房間，立刻皺起眉頭問道。

「志狼哥。」

看到志狼終於出現，阿奇隨即從椅子上站起來迎接他。

「你到底有沒有打掃過你的房間？喔……至少棉被有折起來，書桌也有整理乾淨了，還不錯。但是地板怎麼這麼髒？你們都沒有拿吸塵器吸一下嗎？」

「等……等一下，志狼哥，我有很重要的事情要跟你說。」

眼見志狼一進門就開始檢查房間的整潔程度，甚至從地上抓起一撮毛，滿臉不悅地檢視著，阿奇趕緊打斷他。

「什麼事？」

「我……我發現我的室友好像在吸毒。」

「你說什麼？」

這突如其來的消息讓志狼嚇了一跳，他連忙追問：「你怎麼知道的？你有看到嗎？」

「沒有，不過我有發現很多跡象。」

阿奇將他這幾個月的經歷，還有中午所想到的事情向志狼解釋了一番。

聽完阿奇的說明後，志狼一邊摸著臉上的鬢毛，一邊說：「原來如此，這件事情的確蠻嚴重的。好吧，我想想看該怎麼處理。」

「他不會坐牢或是被退學吧？」

「退學的事情我不敢說，坐牢倒是不至於，頂多去勒戒所而已，不過現在說這些都還太早了。我想先跟他談一談，看他願不願意戒毒。如果他願意的話，我就不用把他抓到巡守隊去了。」

「要是他不承認自己吸毒呢？」

「那我當然就只好依法辦理了。雖然不知道他把毒品藏在哪裡，不過只要拿他的毛髮去做檢驗，查出毒品成分的話，一樣可以當證據。你不用擔心，就算真的走到這一步，我也會想辦法幫他保留學籍，讓他不要被學校開除。」

「太好了，謝謝志狼哥。」

志狼的承諾有如一針強心劑，讓阿奇覺得安心多了。

「話說回來，我從剛剛就一直想問你，這一地的狗毛到底是怎麼回事？」說著，志狼還對阿奇展示了一下手上那撮毛。接著他彎下身子，開始將散落在艾塔藍特那邊的毛髮一一撿起。

「那些都是我的室友掉的，他現在正在換毛期，你忘了嗎？」

「我沒忘啊，不過……」

志狼突然不再繼續往下說了。阿奇疑惑地從旁邊看去，發現志狼正皺著眉頭凝視空中，同時不停地搓揉著手上那撮毛，似乎在思索某件事情。

緊接著，志狼露出驚訝的神情，而後又突然笑出聲來。

「志狼哥，你怎麼了？」

志狼的態度轉變之快，令阿奇感到錯愕不已。他完全不明白志狼到底發現了什麼好笑的事情，也沒見到房間裡有任何引人發笑的東西。

「天啊……真的是……」

笑了好一會兒後，志狼才把手上那堆毛屑扔進垃圾桶裡，然後問阿奇：「你那個室友什麼時候回來？」

「我也不清楚，他出去的時候都不會告訴我要去哪裡，哦……」

阿奇的話還沒說完，艾塔藍特就背著背包回來了。他看到志狼時先是稍微愣了一下，接著便點點頭和志狼問好。

「呃……同學，我有點事情想跟你談談，可以嗎？」

當艾塔藍特把背包放進衣櫃以後，志狼才柔聲對他說道。

「談什麼？」

艾塔藍特轉過來看著志狼，困惑之情寫滿臉上。只是在阿奇看來，他的態度似乎有些警戒。

「阿奇告訴我，你最近這幾個月的行為有點異常。像是忽然開始翹課、拼命買一大堆零食來分給其他同學吃、生了一些獸人很少會生的病、洗澡的時候發出嚎叫、甚至還出賣身體當實驗品賺錢，是不是這樣？」

艾塔藍特有些不高興地朝阿奇瞥了一眼，然後回答：「對啊，那又怎樣？你是不是要說我不應該賺這種錢，應該要乖乖上課、少買點零食……」

「不、不……我不是要說這些。」

志狼搖搖頭，以平穩的口氣對他說：「雖然我也很想勸你改，不過我知道那些事情其實並不是重點，重點是它們背後的原因。你就是因為那個『原因』，所以才會有這些改變，對不對？」

「我聽不懂你在說什麼。」

「你還是趕快跟志狼哥說吧，現在承認還來得及，不要再繼續隱瞞了。」

阿奇忍不住插嘴。

「你要我承認什麼？居然還叫我趕快跟他說，難道我犯法了嗎？」

艾塔藍特一臉不快地反問。

「你……」

「阿奇你等一下，這個我來講就好了。」

志狼阻止了想要繼續開口的阿奇，然後對艾塔藍特說：「你當然沒有做任何犯法的事情，可是你這樣的行為是不對的，這你應該也很清楚吧，不然就不需要做這麼多掩飾了。好了，你這樣一直把東西藏起來也不是辦法，還是趕快把它拿出來吧，我再來看看要怎麼幫你解決。」

「我……我哪有藏什麼東西？莫名奇妙。我不知道你們在說什麼，我也沒有任何需要你幫忙解決的東西。」

「怎麼會沒有呢？那東西不是剛剛才被你用背包從外面帶回來，而且藏進衣櫃裡面了嗎？」志狼挑起一邊眉毛，壓低聲音說：「就是你偷偷養在宿舍裡的小狗啊。」

7

「什……」

阿奇一時之間還以為是自己聽錯了，結結巴巴地反問道：「等、等一下，志狼哥，你剛剛說……」

「你聽到了，他這幾個月一直在房間裡面偷偷養狗，沒錯吧？」

志狼的語尾雖然用的是疑問句，但任何人都聽得出他其實是肯定的意思。見志狼那副胸有成竹的模樣，艾塔藍特只能鐵青著臉，一句話也說不出來。

「可……可是，他不是……」

阿奇看看志狼又看看艾塔藍特，腦中只覺得一片混亂。艾塔藍特不是正在吸毒嗎？為什麼志狼會突然冒出這麼奇怪的結論？養狗又是怎麼回事？

「唉，那是你想太多了啦。」

志狼苦笑了幾聲之後，嘆著氣對阿奇說：「他之所以會去做那項兼職，不是因為想賺錢，而是為了吃那些藥，『讓換毛期提前』才是他真正的目的。」

「讓自己的換毛期提前？為什麼他要做這種事？」

「就是為了這一地的狗毛啊。」

志狼朝地上揮一下手，繼續向阿奇解釋道：「既然獸人會換毛，那麼小狗當然也會換毛了──我猜現在應該正好是牠的換毛期吧。如果就這樣放著不管，遲早會被人發現屋子裡出現了不該有的狗毛。但要是太過頻繁地進行清理，反而會引起注意，所以他乾脆把自己的換毛期調整得跟小狗一樣，這樣一來，他就可以宣稱那些毛是他掉的，屋子裡有毛的事情就不會顯得太過奇怪了。

但是這個辦法還是有一個漏洞，就是那隻狗的品種跟他不一樣，因此毛的質感自然也會有所差異。為了避免被人看出這點，所以他故意不清地上的毛，讓那些毛全部混在一起，這樣就能將露出破綻的機率壓低。畢竟，有誰會把地上的一整坨毛撿起來仔細檢查呢？」

「原來如此。」

阿奇此時也想起了艾塔藍特總是當著自己的面把毛弄掉，現在想想，那個動作的確很像是刻意做給他看的。

「那其他的事情又是怎麼回事呢？像是他跑去買了一大堆零食……」

「這也是他的偽裝手段。想想看，如果你到便利商店去買一些羞於說出口的東西，可是又不想被其他人看到，那你會怎麼做？」

「怎麼做？就……買那樣東西時，順便拿些別的東西來蓋著它……啊！」

「對，他真正要到大賣場去買的其實是狗食——不是罐頭，是一整包像零食的那種——然後他將狗食藏在一大堆零食中間，就這樣一整袋拎回來。因為要用零食遮住的緣故，所以他每次都只能買個一兩包左右——大概可以撐三天——而且必須盡快把零食消耗掉，不然就沒有藉口去賣場了。」

「有必要這麼麻煩嗎？他只要把狗食裝進背包……」

「大賣場不讓人帶背包進去，而且賣場裡也可能會遇到熟人，去寵物店的話又太明顯，所以他只好用這種超級花錢的苦肉計了。」

「只是花錢而已，還不算辛苦啦，我付出的可不只這些呢。」

艾塔藍特撇著嘴說道。

「我知道。」

志狼用同情的眼神看著他說：「你把渾身是病的小狗帶回來，偷偷養在衣櫃裡面，結果因為小狗跟你的衣服朝夕相處的關係，那些病都傳染給你了；雖然你都用背包帶著牠進出校園，但是你擔心其他學生看到你蹓狗的模樣，所以只好翹課帶牠出去散步，因為上課的時候比較不會有人在外面晃來晃去。」

「那……洗澡時的嚎叫聲又是怎麼回事？」

阿奇問。

「那是因為他洗澡的時候把狗帶進去一起洗，但是狗又會叫，所以他也只好跟著發出叫聲，把小狗的聲音掩蓋過去。」

「可是我當時也在房間，不可能沒看到他帶小狗進去啊。」

「他把狗藏在準備換穿的乾淨衣服裡，直接把狗和衣服一起帶進浴室；出來的時候則是用髒衣服將狗包著，然後把狗和衣服一起塞回衣櫃。好了，你先把狗從背包裡面放出來吧。一直悶在背包裡面，小狗會生病的。」

解釋完所有的問題後，志狼轉過來看著艾塔藍特。

艾塔藍特的臉此時也恢復了血色，他把背包從衣櫃裡面拿出來打開，一顆毛茸茸的白色狗頭立刻從開口的地方冒了出來。

艾塔藍特一邊摸著那隻小狐狸狗的頭，一邊說：「牠被我發現的時候，已經渾身是病又奄奄一息了。雖然我知道宿舍裡面不能養寵物，但在我幫牠找到新飼主以前，也得讓牠有個棲身之處才行，所以我只好想辦法把牠藏起來了。

不知道該說是幸還是不幸，獸醫檢查出牠的聲帶嚴重受損，只能發出喘息般的微弱叫聲，所以我把牠裝進開口朝上的大行李袋，再放進衣櫃之後，牠的聲音就會被衣櫃完全隔離。我一直開著衣櫃的燈，所以牠不會因為怕黑而心理受傷。而且牠也不會隨便亂叫或亂跑，還會乖乖等我帶牠出去上廁所，因此我養了幾個月都沒人發現。」

「你可以直接跟我說啊，這樣就不用在我面前躲躲藏藏的，而且我也可以幫你找人收養牠。」

阿奇皺起眉頭說。

「是我把牠帶回來的，當然得由我自己處理。我可不像隔壁班的某個傢伙——好像是叫什麼山還是什麼雲的——那麼不要臉，為了耍帥而把別人撿到的流浪狗帶回家裡，還說他會負責，結果從頭到尾都是他的家人在負責照顧，最後發現那隻狗根本送不出去，又把狗丟還給人家，叫人家自己負責……

更何況，祕密本來就是越少人知道越好。你平常做事那麼隨便，又老愛跑去跟其他人聊天，我怎麼敢跟你說。萬一你聊天聊得太開心，不小心說溜嘴了，我不就得跟著流落街頭。」

說到這兒，艾塔藍特像是想起什麼似的，轉過來看著志狼。

「不過，你前面有一個地方說錯了。我不是為了蹓狗才翹課的，而是因為有人通知我說他們想要看狗，叫我把狗帶過去給他們瞧瞧，但他們指定的時間又正好是在上課時間，所以我只好翹課。」

「你跟他們說你要上課，請他們改時間不行嗎？」

志狼問。

「當然不行，大部分的人一聽到我說時間不方便，請他們改時間的時候就說不要了。剩下的人則是假日的時候都有事情，只能在指定的時間看狗……我現在才知道原來大家都這麼忙，非假日的時候才能夠把時間空出來。」

艾塔藍特語帶諷刺地說道。

「你這樣一直把牠藏著也不是辦法……這樣吧，我記得隊上好像有個同事說想要養狗，我去問問看他願不願意幫忙收養。」

志狼想了一下後說。

「如果他不願意呢？」

艾塔藍特問。

「不行的話，我會去找其他人。」

志狼聽出了他的言外之意，因此拍拍胸脯向他表示：「不用擔心，既然我說要幫你，那就一定會幫到底。反正我每天都要上街巡邏，可以順便去打聽看看有誰想要養狗，這樣總比你慢慢等別人上門來得有效率。」

「你會跟學校說這件事情嗎？」

「不會。」

「謝謝你。」

艾塔藍特稍微遲疑了一下，接著向志狼低頭致謝。

志狼也向他點點頭，然後蹲下來，輕輕拍著那隻小狗的頭。

8

隔天中午，志狼打電話告訴阿奇，說他的同事願意收養那隻小狗，而且艾塔藍特隨時都可以去看牠。

「這樣啊，那我今天晚上就把牠帶過去嘍。」

聽到這個消息後，艾塔藍特露出鬆了一口氣的表情。

「你養了牠那麼久，會不會覺得送給別人很可惜？」

阿奇好奇地問。

「是有一點捨不得，可是照顧小動物實在很累，更不用說我還得偷偷摸摸地進行了。」

「誰叫你連同房間的室友都要瞞。如果你願意相信我會保守祕密的話，就不會搞得那麼辛苦啦。」

「對啦對啦，這一點是我的錯。下次要是再遇到類似的事情，我一定會直接告訴你跟你哥，這樣我就省事了。」

「什麼？」

阿奇大驚失色。

「開玩笑的。」

艾塔藍特笑了起來，接著他有些尷尬地說：「嗯……對不起喔，昨天我對你們的態度不是很好。因為我怕你們挖出我的祕密之後，就會去跟學校告狀。」

「沒關係啦。老實說，我也蠻擔心志狼哥會這麼做的，還好他沒有。」

阿奇抓抓頭說道。

「不過你也太不關心你的室友了吧？我都在浴室裡叫了好幾個月，你居然都沒有發現。早知道你這麼遲鈍，我就不用浪費力氣了。」

「說遲鈍就言重了，我是尊重你的隱私才沒多問，你應該要感謝我啊。」

阿奇裝出一臉正經八百的模樣回答。

「對了，既然小狗已經找到新的飼主，你就不用再繼續吃那個藥了吧？」

「喔，對，不用了，不過我還是會把這一期做完，不然就拿不到錢……那些錢我會分你一半，因為你幫我把問題解決掉了。」

「這樣好嗎？我其實也沒做什麼耶。」

「反正我也不是很缺錢，而且你這個月不是沒工作嗎，就當作是我贊助你的生活費吧。」

「那就謝謝你了。」

「話說回來，你本來到底認為我做了什麼事情？」

艾塔藍特邊說邊挑起了一邊眉毛。

「呃，你是指什麼？」

「別裝死，就是你昨天叫我趕快跟你哥承認的時候，你到底認為我做了什麼見不得人的事情？」

「這、這個……」

被對方這麼一問，阿奇立刻把視線撇向一旁，同時不安地搖起尾巴。

「說啊，到底是什麼？是需要被巡守隊逮捕的事情嗎？」

「不，我不說！這是很重要的祕密，我絕對不會說出去！」

阿奇一邊搖頭，一邊用手摀住自己的嘴。

「少來了，這根本就不是什麼祕密，快說！」

「不！不！我絕對不說！」

就在他們倆一來一回的喧鬧聲中，下午的上課鈴聲也適時地響了起來。

THE END

要推理53　PG1806

要有光 FIAT LUX　三億元事件：獸人推理系列

作　　者	沙承樘・克狼
責任編輯	喬齊安
圖文排版	詹羽彤
封面設計	蔡瑋筠

出版策劃	要有光
發 行 人	宋政坤
法律顧問	毛國樑　律師
印製發行	秀威資訊科技股份有限公司 114台北市內湖區瑞光路76巷65號1樓 電話：+886-2-2796-3638　傳真：+886-2-2796-1377 http://www.showwe.com.tw
劃撥帳號	19563868　戶名：秀威資訊科技股份有限公司 讀者服務信箱：service@showwe.com.tw
展售門市	國家書店（松江門市） 104台北市中山區松江路209號1樓 電話：+886-2-2518-0207　傳真：+886-2-2518-0778
網路訂購	秀威網路書店：https://store.showwe.tw 國家網路書店：https://www.govbooks.com.tw
總 經 銷	聯合發行股份有限公司 231新北市新店區寶橋路235巷6弄6號4F 電話：+886-2-2917-8022　傳真：+886-2-2915-6275

出版日期	2018年6月　BOD一版
定　　價	260元

國家圖書館出版品預行編目

三億元事件：獸人推理系列 / 沙承橦.克狼著.
-- 一版. -- 臺北市：要有光, 2018.06
面； 公分. -- (要推理；53)
BOD版
ISBN 978-986-96321-5-7(平裝)

857.81 107008836

讀者回函卡

感謝您購買本書，為提升服務品質，請填妥以下資料，將讀者回函卡直接寄回或傳真本公司，收到您的寶貴意見後，我們會收藏記錄及檢討，謝謝！

如您需要了解本公司最新出版書目、購書優惠或企劃活動，歡迎您上網查詢或下載相關資料：http:// www.showwe.com.tw

您購買的書名：________________________________

出生日期：________年________月________日

學歷：□高中（含）以下　□大專　□研究所（含）以上

職業：□製造業　□金融業　□資訊業　□軍警　□傳播業　□自由業

□服務業　□公務員　□教職　□學生　□家管　□其它_____

購書地點：□網路書店　□實體書店　□書展　□郵購　□贈閱　□其他

您從何得知本書的消息？

□網路書店　□實體書店　□網路搜尋　□電子報　□書訊　□雜誌

□傳播媒體　□親友推薦　□網站推薦　□部落格　□其他__________

您對本書的評價：（請填代號　1.非常滿意　2.滿意　3.尚可　4.再改進）

封面設計____　版面編排____　內容____　文／譯筆____　價格____

讀完書後您覺得：

□很有收穫　□有收穫　□收穫不多　□沒收穫

對我們的建議：________________________________

____

____

____

請貼
郵票

11466
台北市內湖區瑞光路 76 巷 65 號 1 樓
秀威資訊科技股份有限公司 收
BOD 數位出版事業部

....

（請沿線對折寄回，謝謝！）

姓　　名：＿＿＿＿＿＿＿＿　年齡：＿＿＿＿　性別：□女　□男

郵遞區號：□□□□□

地　　址：＿＿＿＿＿＿＿＿＿＿＿＿＿＿＿＿＿＿＿＿

聯絡電話：（日）＿＿＿＿＿＿＿＿（夜）＿＿＿＿＿＿＿＿

E-mail：＿＿＿＿＿＿＿＿＿＿＿＿＿＿＿＿＿＿＿＿